IDEAS
EN LA CASA
DEL
ÁRBOL

ELIGE
TU ESTRELLA

W. Ama

© 2019, W. Ama

Título: Elige tu estrella

Serie: Ideas en la casa del árbol

Volumen 3

Primera edición: marzo 2019

Segunda edición: septiembre 2019

ISBN: 9781091421264

Para ti.
Espero que te guste
esta nueva aventura de las
amigas de la casa del árbol.
W. Ama

 Este libro pertenece a _____

ÍNDICE

Capítulo 1
Después del verano

Gretta metió el pincel en un bote con agua y se quedó mirando cómo la pintura se disolvía, dejando el agua teñida de azul. La mancha flotaba y se deformaba, creando bonitas figuras.

Al poco rato, la chica sacó el pincel, lo secó y continuó recogiendo el material de dibujo. Guardó la caja de acuarelas, la paleta donde mezclaba los colores y los pinceles de diferentes tipos: todo debía quedar limpio y en orden.

Miró el reloj con forma de girasol que colgaba de una de las paredes de la academia «Los Lienzos» y comprobó que faltaban pocos minutos para que su madre viniera a buscarla. Esa tarde iban a ir de compras y a merendar a su sitio favorito. Gretta estaba muy ilusionada.

Se levantó de la banqueta, la puso en un lado y se alejó del caballete, dando tres pasos hacia atrás, para poder ver mejor el cuadro que estaba pintando.

Era un dibujo del castillo Birstone, donde ella y sus amigas habían ido de campamento ese mismo verano. La primera vez que Gretta lo vio de verdad, fue desde el autobús de dos pisos que les llevaba desde el aeropuerto de Londres hasta el castillo. Ya entonces le había maravillado pues parecía un castillo de cuento y se propuso que, nada más regresar del campamento, lo pintaría.

Había logrado dibujar las grandes ventanas con cristales de colores, los muros de piedra cubiertos de musgo, las altas torres y los jardines que rodeaban al castillo. Gretta miraba su dibujo, pensativa. Los colores le gustaban, las proporciones eran perfectas. Aun así, ladeó la cabeza y se llevó el dedo índice hasta su mejilla: había algo que no le acababa de convencer. Parecía como si faltara algo.

Observando atentamente el dibujo, se dio cuenta de que faltaba un detalle muy importante: las cinco estrellas que desde la ventana de su habitación veía por las noches y que formaban una «W». Esas estrellas tenían para ella un significado muy especial: eran cinco y, se podría decir, que había una estrella para cada amiga.

Gretta sonrió, con ese detalle el cuadro quedaría muy bien. Ahora ya no le daba tiempo, pues se tenía que marchar. Otro día, las dibujaría.

La chica echó otro vistazo al dibujo y tuvo una duda: no sabía si las hojas de la planta trepadora que había visto abrazar los muros del castillo tenían forma de corazón o eran alargadas. Preguntaría a sus amigas y el próximo día lo resolvería.

La academia no había cerrado en verano, por eso Gretta pudo asistir varios días de agosto y continuar yendo ahora que era septiembre y el curso había comenzado. De esta manera, había podido empezar a dibujar el castillo al poco tiempo de regresar del campamento, por lo que recordaba la mayoría de los detalles. Pero, aun así, había algunas cosas que no recordaba con exactitud, como la forma de las pequeñas hojas de la planta trepadora.

—¡Hola, Gretta! —dijo su madre desde la puerta, mientras movía la mano en señal de saludo—. ¿Estás ya preparada?

—¡Hola, mamá! Enseguida voy —exclamó mientras se daba prisa por quitarse la bata de pintora y doblarla.

Matilde, la madre de Gretta, se acercó hasta donde la chica tenía el caballete con el cuadro del castillo Birstone.

—¡Qué preciosidad! —dijo contemplando la obra de arte que su hija había pintado.

—¿Te gusta? Aún no está terminado, me falta algún detalle —aclaró la chica muy orgullosa de que a su madre le gustara.

—¡Me encanta! Tiene algo especial —asintió la madre de Gretta—. ¡Quedaría tan bien en el salón! ¿Qué te parece si cuando lo acabes lo colgamos encima de la chimenea?

—¡Claro! Es un regalo para vosotros por haberme dejado ir al campamento este verano. Lo pasé tan bien que no sé cómo daros las gracias —confesó Gretta sonriente.

—Cariño, la mejor manera de darnos las gracias es verte así de feliz —aseguró su madre mientras rodeaba con los brazos a su hija, igual que la planta trepadora abrazaba los muros del castillo.

Lila, la profesora de dibujo, sonrió al verlas.

Gretta era una de sus mejores alumnas. No solo le encantaba aprender, también era muy creativa y tenía una gran imaginación. Además, Lila agradecía que Gretta fuera tan ordenada: no había que repetirle que dejara las cosas recogidas. ¡En la academia de dibujo era todo lo ordenada que no conseguía ser en su propia habitación!

—Espérame un minuto más, mamá —le pidió una vez finalizado el abrazo—, tengo que guardar los pinceles y la bata en mi caja.

—Muy bien, esperaré. Ah, por cierto, coge la mochila del colegio, ¡no te la vayas a olvidar! —le recordó Matilde, pues alguna vez habían tenido que volver a por la mochila.

En la parte de atrás de la academia "Los Lienzos", en una pequeña habitación, se guardaban unas cajas de madera con el nombre de cada alumno o, como a Lila le gustaba decir, con el nombre de cada artista que asistía a sus clases.

Las habían decorado con sus propios dibujos y era muy divertido pintar sobre la madera e ir añadiendo más dibujos o frases conforme pasaba el tiempo. Era en esas cajas donde guardaban el material para dibujar.

La madre de Gretta siguió a su hija hasta la parte de detrás de la academia.

—Voy a tener que conseguir una de estas cajas para que ordenes tu cuarto, ¿eh? —bromeó al ver cómo Gretta recogía sin rechistar—. Y ya de paso, algunas para tu hermano no nos vendrían nada mal…

Matilde se dirigió a la profesora.

—Lila, cuéntame el secreto, ¿esas cajas se ordenan solas?, ¿son mágicas? —bromeó la madre de Gretta.

—Ja, ja, ja, ¡ojalá! Te aseguro que si lo fueran, me llevaría unas cuantas a mi propia casa para los juguetes de mis hijos. —La profesora de pintura rio ante la ocurrencia y las acompañó hasta la salida.

—¡Nos vemos el viernes, Gretta! —afirmó Lila desde la puerta—. No faltes que ya casi estás acabando el cuadro y muy pronto te lo vas a poder llevar.

—Sí, ya casi lo tengo terminado. Aquí estaré el viernes, eso seguro —contestó Gretta mientras se colocaba a la espalda su pesada mochila escolar.

—¡Hasta pronto, Lila! —exclamó Matilde.

Madre e hija se despidieron de la profesora de dibujo y se dirigieron hacia el coche. Estaba aparcado en la misma calle de la academia, así que no tuvieron que caminar mucho y menos mal, porque la mochila de Gretta pesaba como una gran piedra.

—¡Menuda mochila traes hoy! —indicó Matilde al ver cómo Gretta se encorvaba para poder llevarla.

—He traído todos los libros para forrarlos —explicó Gretta casi sin voz—. Esto debe pesar cien kilos.

—Pues tranquila que el coche está aquí mismo —comentó su madre mientras trataba de ayudarla.

Matilde buscó en su bolso las llaves y, una vez las tuvo en la mano, oprimió el botón para que las puertas se abrieran.

¡Pip!, ¡pip! se escuchó al tiempo que de los faros del coche salía un rápido destello que parecía un guiño luminoso.

Gretta se sentó en el asiento de detrás y se abrochó el cinturón de seguridad mientras su madre, que también se había abrochado el cinturón, ajustaba el espejo retrovisor y se ponía las gafas.

—¿Llevas la lista de lo que tenemos que comprar para el colegio? —preguntó Matilde.

El curso había comenzado hacía unos días y la tutora de sexto, que además les daba Francés y se hacía llamar Mademoiselle Juliette, aunque en realidad se llamaba Julia, les había entregado un papel con lo que debían traer a clase.

Gretta abrió la cremallera del bolsillo de delante de su mochila y sacó el papel. Luego cogió un bolígrafo de su estuche y fue tachando lo que ya tenía del año pasado mientras su madre conducía hacia la mayor papelería de la ciudad.

A la chica le encantaba esa tienda, y a su madre también. Podían pasar horas mirándolo todo. El comercio tenía dos pisos con material de papelería y libros: papeles de colores, cuadernos de todos los tipos y tamaños, bolígrafos, rotuladores, estuches, carpetas, gomas de borrar, pinturas, etc.

Además, siempre que iban a esa papelería, su madre le compraba algún libro. Ahora Gretta se estaba leyendo unas novelas que le encantaban y estaba deseosa de continuar con el siguiente de la colección, así que una vez tuvieran el material escolar, mirarían a ver si el libro estaba ya en las estanterías.

Con la lista de las cosas que tenían que comprar en una mano y una cesta como las de los supermercados en la otra, Gretta fue guiando a su madre por los pasillos.

-—Compás y lapiceros, rotuladores negros de punta fina, pegamento de barra, cuaderno de cuadros tamaño A4 —Gretta leía e iba cogiendo las cosas, mientras las tachaba de la lista.

—¡Ah, cariño!, aunque no lo pone, necesitaremos papel transparente para forrar los libros —añadió la madre al recordar la mochila repleta de libros para forrar.

Gretta cogió tres rollos de papel transparente.

-—Hojas de diferentes colores de tamaño A4 y sobres —leyó Gretta en voz alta un poco extrañada de lo que la profesora de Francés les había encargado llevar a clase—. Pero, no dice cuántas hojas… ¿Para qué serán?

-—Pues no lo sé. Pero, bueno, tú coge unas cuantas y si luego te sobran las usas para dibujar en casa -—propuso Matilde.

—¡Me encanta venir contigo a comprar el material escolar! ¿Cuando terminemos podremos mirar si ya está el libro que quiero leer? —preguntó Gretta sabiendo que su madre diría que sí.

—¡Claro, cariño! Y luego nos vamos a merendar, ¿te parece? —dijo Matilde.

—¡Sí, qué bien! Por cierto, mamá, necesito pintura azul oscuro y blanca para el cuadro que estoy haciendo en la academia. Tengo que oscurecer el cielo —explicaba Gretta mientras caminaba hacia la sección de pintura —. ¿Sabes? En el cuadro va a ser de noche porque quiero poner un detalle muy importante

Gretta le daba un significado especial a dibujar el castillo por la noche, porque las mayores aventuras las había vivido con sus amigas cuando quedaban en las habitaciones por la noche. Además, había decidido que quería dibujar las cinco estrellas que brillaban en la oscuridad del cielo, como ellas cinco brillaban ante las dificultades y problemas.

—Estoy deseando que lo termines y enmarcar el cuadro para ponerlo en el salón —confesó Matilde—, pero en el arte las prisas no son buenas, así que tómate el tiempo que necesites para acabarlo.

Cuando se dirigían hacia la sección de pintura, se encontraron con Celia que estaba acompañada por su padre.

—¡Hola Celia! ¡Cuánto tiempo sin verte! —bromeó Gretta que no solo la había visto ese mismo día en el colegio, sino que además eran compañeras de mesa.

—Ja, ja, ja, sí, mucho tiempo… —rio Celia.

—Veo que ya casi habéis terminado —dedujo Gretta al mirar la cesta que arrastraba el padre de Celia y que estaba llenísima de cosas.

—Sí, así es —comentó su amiga—. De hecho, ya nos íbamos a marchar de la tienda.

—Bueno, espera un poco. Ya que estamos aquí las dos, ¿qué te parece si miramos algo para regalarle a Blanca? Pronto va a ser su cumpleaños —propuso Gretta.

—Vale —Celia se dirigió a su padre—. ¿Podemos quedarnos un poquito más?

El aire se llenaba de preguntas.

—¿Podemos ir un momento a la sección de escritura? —preguntó Gretta segura de que allí encontrarían algo para Blanca.

—Sí, sí, claro —respondió el padre de Celia.

—Vamos, vamos, os acompañaremos —dijo la madre de Gretta.

Celia y Gretta caminaban juntas mientras charlaban. Su amiga Blanca cumpliría once años el día cinco de octubre y querían que fuera un día muy especial.

—Está muy emocionada con su cumpleaños —dijo Celia recordando que Blanca no paraba de hablar de que iba a cumplir once años.

—Deberíamos pensar qué tipo de fiesta le podíamos preparar —opinó Gretta—. Ya la oíste el otro día: este año quiere invitar a poca gente. Nada de ir al cine con media clase como el año pasado.

—Sí, deberemos ser originales, ya que será una pequeña fiesta —razonó Celia.

—Una pequeña pero gran fiesta. —Sonrió Gretta.

—¿Y si hacemos una reunión secreta en la casa del árbol, sin que se entere Blanca, para hablar de todo esto? —preguntó Celia.

—Ah, genial, podríamos aprovechar una tarde que Blanca estuviera ocupada, por ejemplo que tuviera clase de ajedrez —razonó Gretta.

—¡Mejor aún! Hoy me ha dicho que el viernes va al dentista a las cinco —recordó Celia—, sería un buen momento para quedar sin levantar sospechas.

—¡Buena idea! —dijo Gretta—. Yo creo que de regalo podríamos proponer comprarle algo relacionado con la escritura. Como le gusta tanto escribir y se le da tan bien… Por ejemplo, ¿qué te parece si le regalamos una libreta chula? Antes he visto una con las tapas de terciopelo verde que era muy bonita y de su estilo.

Cuando llegaron al mostrador donde estaban las cosas de escritura, Gretta vio una pluma preciosa. Estaba fabricada con una pluma de verdad y se mojaba en un tintero para escribir. Estaba segura de que a Blanca le encantaría.

—¡Mira esa pluma de ahí! ¡Es increíble! —Gretta estaba segura de haber encontrado el regalo perfecto.

—Es muy bonita, sí. Pero yo creo que hay otra mejor. ¿Te acuerdas de la tienda de antigüedades de Londres? —Celia trató de refrescar la memoria de su amiga.

—Sí, me acuerdo. Estaba llena de objetos antiguos. Recuerdo también que la dueña nos dejó verlo todo. Me encantó el sitio ¿Cómo se llamaba? Era algo de «libélula», ¿no? —Gretta se rascó la frente como tratando de recordar.

—«*Silver Dragonfly Antique Shop*» —respondió rápida Celia.

—¡Guau, menuda memoria la tuya! —exclamó Gretta que estaba impresionada de que su amiga recordara semejante nombre.

—Ja, ja, ja, no es para tanto. Pero bueno, a lo que iba. No sé si lo sabes pero, en esa tienda, Blanca vio una pluma antigua preciosa y se quedó con ganas de comprarla. Llegó incluso a preguntar el precio, pero resultó ser muy cara —explicó Celia—. Yo ese día pensé que podríamos encargarla *online* a la tienda y regalársela por su cumpleaños. Por eso me apunté el nombre, para buscarlo por internet.

—Ah, pues es una idea estupenda. Si te parece lo podemos proponer en la reunión —indicó Gretta pensando que era justo someterlo a votación.

Cuando terminaron de mirarlo todo, las dos amigas se despidieron hasta el día siguiente, y Gretta junto con su madre se fueron a merendar a la cafetería de su barrio, donde hacían los mejores cruasanes de hojaldre de toda la ciudad.

Capítulo 2
El baile de las hojas

Al día siguiente, durante el recreo, las cinco amigas tomaban el almuerzo en el patio del colegio. Era un jueves de septiembre y las hojas de los árboles empezaban a caer tímidamente y a bailar con el viento su propia danza. El otoño no tardaría en llegar.

Cuando Gretta vio las hojas por el suelo, recordó que quería preguntarles a sus amigas algo sobre la planta trepadora del castillo.

Sin pensarlo dos veces, empezó a hablar.

—¿Recordáis la forma que tenían las hojas de la planta trepadora que abrazaba el muro del castillo Birstone? —dijo Gretta antes de darle un mordisco a su bocadillo de jamón y queso.

El resto de las chicas se la quedaron mirando, bastante extrañadas, pues había cambiado de tema por completo. No tenía nada que ver con la conversación que estaban manteniendo.

Mientras ellas hablaban de los profesores que tenían ese año y de la suerte de que Ada se hubiera quedado como profesora de Lengua, después de que la señorita Blanch se hubiera jubilado, Gretta estaba en otro mundo, pensando en sus cosas.

—Vaya pregunta más rara, ¿por qué habríamos de acordarnos de ese pequeño detalle? —Paula hizo una bola con el papel de aluminio, movió la mano hacia adelante y hacia atrás varias veces y lo encestó en la papelera a la primera.

Últimamente la jugadora de baloncesto no paraba de ensayar con lo que fuera: el papel del bocadillo, una goma de borrar, hasta con los calcetines hacía una bola en su casa y trataba de encestarlos en el cubo de la ropa sucia. Y es que Paula, en unas semanas, se iba a presentar a las pruebas del equipo local de baloncesto y no perdía ocasión de practicar.

—Yo creo que eran alargadas, pero no me hagas mucho caso. ¿Para qué quieres saberlo? —preguntó Celia con curiosidad.

—Es que estoy pintando un cuadro del castillo y quería dibujarlas correctamente —explicó Gretta.

—Si quieres puedo pedirle a Ada una foto. Seguro que tiene alguna del exterior del castillo donde se vean esos muros con la planta que dices —intervino Blanca —. Esta misma tarde, estaré con ella porque estamos terminando de hacer la revista del campamento.

—Pues sí, si no es mucha molestia, te lo agradezco —asintió Gretta—. Por cierto, estoy impaciente por ver cómo os ha quedado esa revista, ¿seremos las primeras en leerla?

—¡Claro! Seréis las lectoras VIP. Prometo llevar el primer ejemplar a la casa del árbol para verla todas juntas —aseguró Blanca mientras levantaba la mano en señal de promesa.

El timbre que anunciaba el final del recreo sonó como un estruendo, y las chicas se taparon los oídos.

—Deberíamos pedir que en vez de ese desagradable timbre pusieran alguna música bonita —dijo Celia recordando un montón de melodías que ella sabía tocar con su flauta travesera—. En la próxima reunión con la delegada de clase, pienso proponerlo.

—Excelente idea —asintió Paula—. Ya bastante tenemos con saber que el recreo ha terminado como para escuchar ese terrible pitido.

Las chicas fueron hacia el edificio mientras charlaban.

—Por cierto, ¿quién es la delegada este curso? —preguntó María que justo había faltado al colegio el día de la votación.

—La de siempre. Yo creo que nadie la mueve de su puesto —dijo Celia.

—Entonces deber ser Rosaura —dedujo María—. Y seguro que ganó por mayoría.

—Así es, ganó por mayoría y la verdad es que no me extraña porque lo hace bastante bien. Por eso yo la voté —comentó Gretta.

Al entrar en el edificio, Blanca se encontró con Ada y se puso a hablar con ella, quedándose un poco rezagada del grupo.

—Ey, chicas —susurró Gretta a las demás acelerando el paso para dejar aún más atrás a Blanca—. El viernes quedamos en la casa del árbol, a las cinco. *Top secret*, sin Blanca.

—¿Para qué? —preguntó Paula que no entendía que la reunión tuviera que ser secreta y que además no solía acordarse de las fechas de los cumpleaños.

—Tenemos que hablar del regalo y de la fiesta de cumpleaños para Blanca, que, por si no te acuerdas, es el cinco de octubre —aclaró Celia.

—¡Cierto! —Paula elevó la voz y se llevó la mano a la frente—. Se me había olvido por completo, ¡qué cabeza la mía!

—Callad, callad, que viene —María lo dijo en voz muy baja, tratando de disimular.

Blanca venía corriendo por detrás y casi las había alcanzado.

—¡Vaya, no me esperáis! Solo quería preguntarle a Ada lo de la fotografía —dijo Blanca decepcionada de que sus amigas no la hubieran esperado.

—Ah, perdona, es que como a veces os alargáis tanto en vuestras conversaciones… —se excusó rápidamente Gretta.

—Y no queríamos llegar tarde a Francés —continuó María—, ya sabes cómo es la señorita Julia, no le gusta nada que lleguemos tarde a clase.

—Como te oiga llamarla así, te pone un punto negativo. Lleva años y años insistiendo en que la llamemos por su nombre traducido: Mademoiselle Juliette —dijo Paula imitando un sofisticado acento francés.

En la puerta del aula de sexto, la profesora de Francés miraba el pasillo donde los alumnos hablaban y corrían hacia las clases. Era tan alta que parecía que iba a tocar el techo con su cabeza y, para hablarle, daban ganas de coger una escalera o hacerle señales desde abajo para llamar su atención. La estilizada profesora permanecía de pie, como una estatua a la que nada le afectaba. Sin inmutarse, con los labios apretados y sujetando con fuerza una carpeta entre sus brazos, esperaba a que todos sus alumnos entraran en el aula.

De vez en cuando se colocaba bien la boina roja que llevaba en la cabeza y aprovechaba para comprobar que el pañuelo anudado a su cuello seguía en su sitio. Por su aspecto, parecía recién llegada de Francia, con su camiseta a rayas y sus pantalones negros. A sus pies descansaba una maleta pequeña con una pegatina de la Torre Eiffel que nadie sabía qué hacía allí.

—Más que esperar a que entremos en clase, parece que esté esperando un tren o algo así —dijo Gretta al verla ahí plantada con su maleta, haciendo uso de una gran imaginación.

—Ja, ja, ja, sí, el tren cole-*express* que le aleje del jaleo que armamos por los pasillos —bromeó María muy consciente de que los alumnos a veces se pasaban un poco.

—*Bonjour,* Mademoiselle Juliette —Gretta saludó moviendo mucho la mano para llamar la atención de la alta profesora.

La profesora bajó la mirada despacio, tanto que parecía que se movía a cámara lenta y, flexionando un poco las rodillas para quedar un poco más a la altura de las chicas, las saludó. Acto seguido, comenzó a mover la mano en el aire, rápidamente, como metiéndoles prisa para que entraran en clase. Sus manos eran como de porcelana, blancas, de dedos largos y aspecto frágil. A veces daba la sensación de que se podían romper en cientos de pedazos, dejando por el suelo el anillo que siempre llevaba puesto.

María y Blanca se colocaron en sus sitios mientras Gretta y Celia se daban prisa por ocupar sus pupitres, en la primera fila. Tenían suerte de que las hubieran puesto juntas. No había tenido la misma suerte Paula que, a regañadientes, se dirigía hacia el fondo de la clase para ocupar el pupitre junto al de Olivia. Y es que había una cosa que le molestaba bastante: Olivia no se conformaba con su mesa e invadía con su estuche y sus cuadernos parte de la mesa de Paula.

—¿Habéis traído las hojas de colores que anoté en la lista del material para clase? —dijo la profesora mirando uno a uno a los alumnos.

Gretta pensó que ahora descubriría para qué eran las hojas de colores y sacó varias extendiéndolas por la mesa, en forma de abanico.

Mientras la clase se llenaba del ruido que hacían los alumnos al abrir sus carpetas y sacar el material, Mademoiselle Juliette levantaba del suelo su pequeña maleta y la colocaba con cuidado sobre la mesa. Una vez la tuvo delante, la abrió.

A Gretta le entraron muchas ganas de ver qué contenía. Le parecía muy misteriosa. Nunca antes la había traído a clase y eso que llevaban dando Francés con ella desde primero de Primaria.

La chica trató de estirar el cuello, pero era inútil.

—¿Tú ves lo que hay guardado en la maleta? —susurró Gretta a su compañera de pupitre.

—No, desde aquí no se ve ni torta —contestó Celia que había sacado parte del cuerpo al pasillo.

Gretta quiso levantarse un poco para ver el contenido, pero lo único que consiguió fue que se le cayeran todas las hojas de colores que tenía sobre el pupitre, por el suelo de la clase.

Mademoiselle Juliette se sobresaltó al ver todo aquello por el suelo, no le gustaba nada el desorden, y dio un pequeño brinco que hizo temblar la punta de su boina roja.

Luego, señaló con su largo y nudoso dedo índice, que parecía la garra de una gallina, a Gretta y a las hojas, una y otra vez, en señal de que lo recogiera y se estuviera quieta.

Fue curiosa esa manera de empezar la clase de Francés. Pronto sabrían que las hojas de Gretta, y las del resto de alumnos, llegarían mucho más lejos que al suelo de clase, pues estaban destinadas a un viaje más largo.

Capítulo 3
Un raro buzón de cartas

La pequeña maleta de la profesora contenía un pequeño buzón rojo en cuyo letrero podía leerse «*France*». No era mucho más grande que una caja de zapatos y tenía una ranura por donde se metían las cartas. Cuando lo mostró, colocándolo sobre su mesa, todos los alumnos clavaron sus ojos en ese raro objeto. Parecían como hipnotizados.

¿Qué hacía un buzón en clase? ¿Para qué lo había traído Mademoiselle Juliette? ¿Recogía solo las cartas con destino a Francia? Desde luego parecía que sí, pero, ¿quién las escribiría?

Antes de que nadie pudiera dar respuesta a las preguntas que los alumnos se hacían en voz baja, Mademoiselle Juliette se estiró la camiseta de rayas y, tras darle varias vueltas a su anillo con forma de queso

Gruyère, empezó a hablar, no sin antes aclararse la voz tosiendo un par de veces.

—¿Quién quiere hacer un intercambio de cartas con alumnos de un colegio francés? —indagó la profesora sabiendo que la actividad tendría una estupenda acogida.

Tras escuchar esta pregunta, tanto Celia como Gretta lo tuvieron claro: ese buzón era para depositar en él las cartas a los alumnos del colegio francés.

Eso debieron de pensar el resto de los alumnos, pues sus manos se levantaron sin pensárselo dos veces. La clase parecía un bosque de brazos que se movían de un lado a otro e intentaban sobresalir entre los demás.

Gretta, que no pudo evitar dar unas palmadas de alegría, pues le encantaba la idea de conocer a gente de otros lugares, ya que de mayor quería viajar por todo el mundo, no solo levantó una mano, sino que levantó las dos mientras decía ¡¡¡yooo!!!, ¡¡¡yooo!!!, ¡¡¡yooo!!!, en un tono de voz bastante escandaloso, del que luego se acordaría con un poco de vergüenza.

El anillo con forma de queso *Gruyère* que la profesora siempre llevaba puesto hizo un gran ruido cuando esta golpeó la mesa con la palma de la mano, pidiendo un poco de calma. Gretta se asustó y miró fijamente la delicada mano de la profesora, con temor de que se la hubiera roto con el golpe.

—*Silence, s'il vous plaît* —dijo sofocada por el revuelo que había originado la propuesta.

Cuando los alumnos se calmaron y solo se oía un ligero rumor semejante al zumbido de moscas sobrevolando el aula, Mademoiselle Juliette se dio por satisfecha y comenzó a explicar cómo funcionaba lo del intercambio de cartas.

El colegio con el que se habían puesto de acuerdo para hacer el intercambio estaba en una región del noroeste de Francia, en la ciudad de Rennes. Allí los alumnos de su misma edad estudiaban Español. La idea era practicar el idioma, los unos con los otros, mediante esas cartas.

—Recibiréis una carta desde el colegio de Rennes, escrita en español y la contestaréis en francés —terminó de decir Mademoiselle Juliette—. Las hojas de colores y los sobres son para esta actividad.

—¡Ajá! Así que era para esto —murmuró para sí Gretta—. Qué divertido va a ser.

La chica enseguida se imaginó haciéndose muy amiga de su compañera de cartas y yendo a visitarla cuando fuera mayor. Llevaría sus pinturas para pintar los paisajes de ese país y hablaría un correcto francés.

Era una suerte que en su colegio enseñaran dos idiomas, pues Gretta quería aprender todos los idiomas del mundo o, al menos, intentarlo. Sabía que eso no iba a ser posible, pero igualmente ponía mucho interés en aprender todos los que pudiera. Además se le daban bastante bien.

Tras la gran aceptación que había tenido la propuesta, la profesora sacó de la maleta unas tarjetas que fue repartiendo por cada pupitre, colocándolas boca abajo, para dejar oculto su contenido. Cuando terminó de repartirlas, indicó a los alumnos que ya podían dar la vuelta a las tarjetas. ¿Qué sería?

Gretta le dio la vuelta a la suya tan rápido como pudo y vio que había un nombre escrito: Sophie.

—¿Cómo se llama tu compañera de correspondencia? —le preguntó muy emocionada a Celia.

—Anne Marie —dijo Celia sin demasiada ilusión.

—¡La mía se llama Sophie! —dijo Gretta maravillada—. ¡Qué nombres más bonitos!, ¿no te parece? ¡Suenan tan bien!

—Bueno, sí, supongo que todos los nombres son bonitos —dijo Celia sin mucha gana y bastante pensativa.

—Sofía, en francés, se escribe Sophie, y es uno de mis nombres preferidos —continuó diciendo Gretta que quería que hablaran un poco sobre las nuevas chicas francesas que iban a conocer por carta.

Pero Celia no le prestaba mucha atención pues tenía otras cosas en la cabeza.

—¿Te pasa algo? —le preguntó Gretta al ver que no le hacía mucho caso—. Pareces muy pensativa.

—Pues sí, llevo tiempo pensando en el regalo de Blanca. Me encantaría que pudiéramos regalarle la pluma de la tienda de Londres. Además ahora que vamos a escribir cartas, sé lo feliz que sería de escribirlas con esa pluma —se sinceró Celia.

—Ya... tendremos que actuar con rapidez. No queda tanto tiempo para su cumpleaños... No sabemos si la tienda de antigüedades vende *online* ni cuánto tiempo tarda en llegar un paquete desde Londres. Tampoco sabemos el precio, ¿tendremos suficientes ahorros? —comentó Gretta.

—¿Entiendes ahora mi preocupación? —dijo Celia.

—Sí, te entiendo. Pero, bueno, ahora las demás ya saben que mañana hemos quedado a las cinco en la casa del árbol para hablar del tema. Tenemos que salir de esa reunión con una solución. Por eso no te preocupes. Lo vamos a conseguir —afirmó Gretta dejando a un lado la tarjeta con el nombre de Sophie y poniendo su mano sobre la de Celia.

El timbre sonó indicando que la clase había terminado y Mademoiselle Juliette tuvo que elevar la voz para decirles que el jueves de la próxima semana debían traer la carta escrita para poder enviarla cuanto antes.

—¿Solo tenemos una semana? —María se agobió un poco.

—Con todo el francés que sabéis es tiempo suficiente —aseguró la profesora ladeando su boina.

—Ya, bueno… pero, ¿qué se le cuenta a una desconocida? —se apuró María.

La profesora se dirigió entonces a toda la clase.

—A ver, por favor, un momento, prestad atención. —Dio dos palmadas poniendo las manos por encima de su cabeza.

Gretta no pudo evitar reírse pues parecía que Mademoiselle Juliette iba a ponerse a hacer gimnasia de un momento a otro.

Tras la llamada de atención de la profesora, se hizo el silencio. Nadie quería perderse la información sobre la divertida experiencia de las cartas. Ni siquiera el grupo de Olivia, Isabella y Camila querían perderse ni una palabra de lo que contara la profesora y volvieron a sentarse, rápidamente, en sus pupitres.

—Si no sabéis qué escribir en la carta, podéis empezar presentándoos o contando algo de la ciudad —propuso la profesora dando unas cuantas ideas—. También podéis escribir acerca de las cosas que os gustan, de si hacéis deporte, si habéis ganado algún premio, ese tipo de cosas.

Olivia había sacado todos sus bolígrafos y se había puesto cómoda para tomar notas en su agenda. La chica se esmeraba en escribir las ideas que la profesora iba diciendo. Se había medio tumbado sobre el pupitre y, una vez más, ocupaba parte del espacio de Paula y no solo eso, sino que también le clavaba el codo en su brazo.

Paula, que ya estaba un poco harta, le dio un pequeño empujón, para ver si así su desconsiderada compañera de pupitre se daba por enterada.

Olivia, muy indignada, protestó.

—¡Oyeee! ¡No me empujes! Por tu culpa he hecho una raya —se quejó Olivia mirando el garabato sobre la hoja de su agenda.

Enseguida Olivia volvió a su tarea de recolectar ideas para la carta a Francia, olvidando el empujón. Parecía que no existía otra cosa en ese momento. Se había olvidado, incluso, de su aparatoso peinado y de las pequeñas y exclusivas pinzas de nácar que invadían su pelo. Ya no se las tocaba cada dos por tres para asegurarse de que no había perdido ninguna. Su cabeza parecía un mar de pinzas llena de diminutos cangrejos.

Olivia solo tenía, ahora, una cosa en la mente: quería sorprender a su compañera de correspondencia. Y para eso debía ser la chica más interesante de toda la clase. Se inventaría cualquier cosa que sonara a admiración, pero ¿el qué? La chica se quedó pensando un rato, ajena al jaleo del resto de alumnos.

Al rato, Olivia torció la boca y cerró un poco los ojos, que pasaron a parecer dos rayas sobre su nariz: esa era la cara que ponía cuando se le ocurría una idea.

Subrayó la palabra premio varias veces, con fuerza, una y otra vez, dejando la marca de su entusiasmo exagerado en la página siguiente.

Estaba claro que quería impresionar a su compañera de correspondencia mostrándole algún premio, pero ¿lo tenía? Por más que la chica repasaba, no encontraba, entre sus logros, premio ni trofeo alguno.

Olivia, que había salido de sus pensamientos, pidió la palabra.

—Mademoiselle Juliette, me pregunto si podemos enviar, junto a nuestra carta, una fotografía —preguntó la chica mientras pasaba una mano por su peinado y ponía cara de buena.

Paula la miró de reojo, bastante extrañada, y movió la cabeza de un lado a otro, como no creyéndose lo que su compañera de pupitre preguntaba. ¿Qué interés podría tener enviar una foto en un intercambio de idiomas? Se preguntaba para sus adentros.

—No le veo sentido a enviar una fotografía, la verdad. Se trata de practicar el idioma —contestó la profesora un poco sorprendida de la propuesta.

Olivia asintió como si comprendiera, pero decidió que haría lo que quisiera y más cuando la profesora no había dicho un «no» rotundo.

—¿Alguna duda más? —Mademoiselle Juliette se dirigió a los alumnos, antes de empezar a recoger el buzón en su maleta.

Nadie preguntó nada más.

Las cinco chicas salieron al pasillo para estirar un poco las piernas antes la clase de Ciencias Naturales, con el profesor Lechuga.

Se las veía bastante contentas, comentando lo que les iban a contar a las chicas del colegio de Rennes. No solo Gretta estaba emocionada con la actividad, también Blanca estaba muy ilusionada, pues le encantaba escribir.

—¿Os imagináis que pasados los años las conocemos de verdad? —dijo Gretta.

—Sería estupendo —añadió María—. ¿Creéis que entre ellas también serán amigas como nosotras? Solo sabemos que van a la misma clase.

—Pues si fueran amigas estaría muy bien que nos dejaran invitarlas a todas a la vez, un verano, por ejemplo —soñó en voz alta Blanca—. Igual les podríamos hacer sitio en la casa del árbol.

—¡Qué idea tan genial! —exclamó Gretta muy ilusionada—. ¿Cómo se llaman vuestras futuras amigas francesas? La mía se llama Sophie.

La conversación se llenaba de bonitos nombres franceses: Giselle, Anne Marie, Amelie, Geraldine...

Capítulo 4
Idea sin brillo

En el pasillo del colegio, mientras llegaba a clase el profesor Lechuga, las amigas charlaban acerca de lo emocionante que iba a resultar escribir esas cartas a Francia. Se daban algunas ideas sobre qué escribir y se preguntaban cómo serían aquellas alumnas de Rennes.

Entretanto, un poco más allá, Isabella y Camila esperaban, apoyadas en una pared, a que Olivia saliera del servicio. Llevaban cinco minutos ahí plantadas y parecía que la cosa iba para largo. Sus mandíbulas se movían al mismo tiempo, mascando chicle y, de vez en cuando, una pompa salía y explotaba dejando trozos de goma rosa alrededor de sus bocas. Entonces las chicas trataban de despegárselos, disimuladamente, con los dedos. Eso era todo lo que hacían mientras esperaban.

Después de la clase de Francés, Olivia no paraba de pensar en la idea que se le había ocurrido y, frente al espejo del baño, se miraba a los ojos y se repetía para sus adentros que ella iba a ser la chica más *fashion* e interesante para toda la clase de Rennes. Haría lo que fuera para conseguirlo. Le admirarían en el colegio francés, sí o sí. Solo tenía que pensar un buen plan que la llevara directa a la fama.

—¡Por fin sales! —dijo Camila explotando una pompa de chicle—. Llevamos aquí un buen rato esperándote, ¿sabes? Menos mal que aún no ha llegado el profesor de Ciencias.

Eran muchas las veces que Olivia no se ponía en el lugar de sus amigas. No se imaginaba que pudieran estar cansadas de esperarla o que tuvieran otras cosas que hacer. Ella no se daba prisa por nadie, se creía el centro del mundo. Sin embargo, le sabía bastante mal que le hicieran esperar.

—¡Tengo un plan *súper súper súper guay* para la carta a Francia! —dijo Olivia remarcando mucho las palabras y haciéndose la misteriosa.

—¡Cuenta! ¡Cuenta! —le pidió Isabella segura de que su amiga las sorprendería.

Olivia se quería hacer la interesante y, para añadir más suspense, las hizo esperar un poco más. Sacó de su bolsillo un minúsculo pulverizador de colonia, lo agitó varias veces y se echó un poco de perfume.

Isabella y Camila respiraron el olor de su nueva colonia y admiraron el aroma.

—¡Qué bien huele! ¡Me *súper* encanta! —dijo Isabella—. ¿Es nueva?

—¡Me chifla el frasco, qué mono! —exclamó Camila al ver la pequeña botellita llena de detalles y purpurina que se movía dentro de la colonia.

—Sí, es nueva y huele *súper* bien. Me la ha traído mi madre de Nueva York, junto con más cosas chulas que ya os enseñaré un día que vengáis a mi casa —aclaró Olivia, queriendo dar envidia a sus amigas.

—Qué suerte tienes de que te traigan cosas de sitios tan lejanos y modernos —suspiró Camila—. En fin, cuéntanos tu idea, anda, nos tienes intrigadas…

—Venga, os lo cuento, pero ¡no os copiéis!, ¿vale? —advirtió la chica que estaba deseosa de que sus amigas alabaran su idea.

—Tranquila, que no nos vamos a copiar —le contestó con cierta burla Camila un poco molesta.

—Pues, veréis, como la profesora ha dicho que podemos hablar de nuestros premios, yo voy a hablar de ¡mi premio de este verano en el campamento! —Olivia miró a sus amigas por encima del hombro, a la vez que decía la palabra «*premio*» con fuerza.

—¿Te dieron un premio? ¿En serio? No tenía ni idea —dijo Isabella inocentemente, pues ni se imaginaba lo que su amiga estaba tramando.

—Yo tampoco tenía ni idea. Si te digo la verdad, ni me enteré —afirmó Camila bastante desconcertada—. ¿De verdad te dieron un premio?

—No, no me dieron ningún premio, ni falta que me hace. ¡Ja! —contestó Olivia—. Simplemente, lo voy a coger prestado.

Los ojos de Olivia miraron fijamente hacia el grupo de Gretta, Celia, Paula, Blanca y María. Ellas sí habían conseguido un premio en la yincana del castillo Birstone.

Isabella y Camila se llevaron las manos a la cara tratando de tapar su asombro.

Desde luego la idea de Olivia era oscura, sin brillo y aquello no podía acabar bien.

—¿Vas a hacer lo que estoy pensando? —Isabella parecía un poco asustada y muy sorprendida.

—¿Acaso no me crees capaz? —preguntó Olivia con arrogancia—. Solo necesito trazar un plan para saber dónde está ese trofeo. Luego me fotografiaré con él y meteré la foto en el sobre a Francia. Mi compañera de correspondencia pensará que soy una deportista famosa y ¡flipará!

Olivia imaginaba todo esto ante la atenta mirada de sus dos amigas que no estaban nada convencidas de que aquello fuera correcto, pero tampoco se atrevían a llevarle la contraria.

—Ahora, el siguiente paso, es averiguar dónde tienen el trofeo y para eso debemos estar lo más cerca del grupito… —Olivia cogió a sus amigas por los brazos bruscamente y las empujó hacia donde estaban las otras chicas.

Tenía la esperanza de que, en medio de la conversación, nombraran el lugar donde guardaban el trofeo, así que se pusieron al lado, sin ningún tipo de disimulo.

Sin embargo, las cinco chicas estaban hablando sobre la próxima visita de Blanca al dentista.

Para desesperación de Olivia, no nombraron ni una sola vez el trofeo y, la verdad, es que le horrorizaba pensar que, de ahora en adelante y hasta que obtuviera la información que buscaba, tendría que pasar el tiempo libre muy cerca de ellas.

—Uff, yo esto no lo voy a soportar —susurró Olivia a sus dos amigas.

—Si quieres enterarte de dónde guardan el trofeo, lo mejor será que se lo preguntes con cierto disimulo, ¿no crees? —propuso Isabella que tampoco quería ir detrás de las cinco amigas como un perrillo.

—De eso ni hablar. No quiero ni levantar sospechas, ni tampoco me apetece que se piensen que tengo envidia del trofeo ese. —Olivia frunció el entrecejo—. Tiene que haber otra manera de conseguirlo. Y creo que se me acaba de ocurrir algo.

Sus dos amigas la miraron esperando a que les contara su plan, pero Olivia, sin dar ninguna explicación, se alejó de ellas en dirección a clase.

En ese momento, el profesor entraba por la puerta. Había llegado un poco tarde y se disponía a comenzar la explicación sin perder ni un minuto.

Últimamente las obras en las calles de la ciudad estaban poniendo el tráfico imposible. Cuando no cortaban una calle, cortaban la de más allá y así no había quién llegara a tiempo a ningún sitio. Era como si la vida de la ciudad se hubiera detenido: los comercios abrían más tarde, los autobuses pasaban cada más tiempo, la gente no acudía a sus citas…

Además, el profesor había tenido que cruzar la ciudad de punta a punta pues, a última hora, la señorita Blanch le había pedido que pasara a recogerla. Aunque jubilada, la profesora del moño blanco iba de vez en cuando por el colegio para echar una mano a Doña Plan de Vert y ver a sus queridos alumnos, cosa que Blanca agradecía, pues le tenía mucho aprecio. A la antigua profesora de Lengua no le gustaba nada quedarse todos los días en casa sin otra cosa que hacer que acariciar a su gato de angora. El animal, cada vez más viejo, pasaba horas y horas durmiendo sobre el sofá y las pocas visitas que tenía la señorita Blanch lo confundían con un cojín o un extraño peluche. Otra de las pocas cosas que tenía que hacer en casa era podar a su querida planta Trepadorix. Al contrario que el gato, cada día que pasaba estaba más activa y crecía y crecía ocupando ya las paredes del pasillo.

Total que entre unas cosas y otras, al profesor de Ciencias se le había echado el tiempo encima: si no se daba prisa no le iba a dar tiempo a explicar la lección

—Abrid el libro por la página veinte —dijo tan rápido que casi nadie entendió el número—. Hoy daremos el aparato digestivo.

Los alumnos se preguntaban entre sí qué página había dicho y el profesor, apurado por el tiempo, se pasaba ambas manos por el pelo, una y otra vez, como para peinárselo, pues lo llevaba muy alborotado por las prisas y el viento: en vez de pelo parecía que llevaba varias acelgas locas.

El profesor comenzó a explicar, pero Olivia no se estaba enterando de nada. La chica tenía la cabeza en las nubes, pues no hacía más que imaginar su nuevo plan para conseguir el premio de las amigas de la casa del árbol.

¿Qué nueva idea sin brillo se le había ocurrido?

Olivia no era la única despistada ese día en clase. Por más que el profesor Lechuga explicaba las cosas varias veces, pues era un poco insistente, Blanca tampoco se enteraba. Se había quedado mirando la fotografía que había en el libro de Ciencias, donde una boca abierta mostrando todos sus dientes le recordaba su próxima y temida visita al dentista al día siguiente.

Capítulo 5
Una buena decisión

El viernes, Blanca iba camino del dentista bastante disgustada. No le hacía ninguna gracia tener que llevar aparato.

Le hubiera gustado que al bajarse del autobús urbano que les llevaba a ella y a su madre hasta la consulta, la calle hubiera desaparecido, como en una de esas historias misteriosas que la chica leía, donde todo podía suceder.

Aunque, ciertamente, Blanca se hubiera conformado con no encontrar la consulta del doctor Mondientes. Hubiera sido feliz si al llegar al portal del edificio, la placa con el nombre del dentista «Doctor Sergio Mondientes» no estuviera. Y es que Blanca odiaba ese portal de mármol de color rosa con el número dos medio suelto, como un diente a punto de caer.

—Vale, me conformo con que la consulta esté cerrada —dijo Blanca muy bajito al descender del autobús.

—¿Cómo dices? —preguntó Clara, la madre de Blanca —. Siempre te digo que intentes hablar un poco más alto, cariño.

—Nada… —contestó Blanca elevando la voz y cansada de escuchar siempre la misma canción de que hablara más alto.

Se notaba que la chica estaba de bastante mal genio.

—¿Has pensado ya cómo quieres celebrar tu cumpleaños? —preguntó la amable Clara en un intento de desviar el malhumor de su hija, recordándole algo ilusionante.

—Ahora no quiero hablar de eso —advirtió Blanca después de mirar fijamente a su madre con cara de enfado—. ¡No quiero hablar de nada!

—Pero hija, ¿qué te pasa? —Clara se sobresaltó.

—¡Pues que no quiero que me pongan aparato! —contestó Blanca muy alterada.

La madre de Blanca estaba con el dedo a punto de llamar al portero automático de la consulta pero, al ver a su hija así, no lo hizo.

—Cariño… —le dijo mientras acariciaba su cara mojada por las lágrimas—. No solo es por estética, al corregir los dientes toda la boca estará más sana. ¿Por qué no quieres?

—Pues por que, por que… —decía Blanca entre hipos — ¡no quiero ser la niña más fea del mundo!

Los ojos de la madre de Blanca se abrieron de par en par. No daba crédito a lo que oía.

—Pero, Blanca… eso no es así, es solo un aparato. Ahora hay *brackets* de colores y son tan pequeños que casi ni se ven —aseguraba Clara para que su hija entrara en razón—. Además, ¿cómo puede un aparato en la boca ocultar tus cosas buenas? Te lo he dicho muchas veces: lo que hace bella a una persona es su interior, el reflejo de sus sentimientos, su corazón. Y tú tienes un gran corazón.

Blanca sonrió al escuchar a su madre que, con su dulce voz, era capaz de detener su enfado.

—Ya… pero es que también me da miedo que me haga daño llevar el metal ese ahí —añadió Blanca que se había comenzado a calmar y que reconocía que la belleza no estaba en llevar o no un aparato en los dientes, sino que surge del interior de las personas.

—Daño no hace. Podrías tener alguna molestia, pero no dolor —dijo Clara recordando los tiempos en que ella llevaba aparato, hacía ya muchos años.

Blanca se pasó las dos manos por la cara tratando de secar las lágrimas.

—¿Se nota que he llorado? —le preguntó a su madre.

Clara sacó un pañuelo de tela de su bolso y le limpió las mejillas a Blanca, mientras continuaba hablando.

—Entonces, dime, ¿qué hacemos? —Clara terminó de limpiar la cara de Blanca y miró su reloj—. Ahora mismo son las cinco menos diez. Podemos entrar y que te pongan aparato o podemos irnos a casa y olvidarnos de tus dientes. Tú eliges.

La chica pensó un momento. Era difícil tomar una decisión con lo mal que se había sentido hacía tan solo un rato, cuando casi se da media vuelta para alejarse del portal rosado del dentista. Pero ahora tenía que ser valiente y elegir lo mejor para ella, sin acomplejarse ni tener miedo a las molestias.

Además, el doctor Mondientes le había prometido que solo tendría que llevarlo durante algo más de un año. Blanca recordó también que en la visita de hizo antes del verano, la enfermera del doctor le había enseñado un cajón lleno de *brackets* y se los había dejado tocar. No parecían duros y había de muchos colores, para ir cambiándoselos según tus gustos. También recordó que Gretta le había dicho que tenía mucha suerte y se había alegrado por ella. Parecía que todo el mundo estaba seguro que de aquello del aparato no era tan terrible.

Blanca adelantó la mano y, estirando el dedo índice, llamó al timbre del portero automático. A los cinco segundos se oyó un largo piiiiii. La chica cogió aire y empujó la puerta.

Capítulo 6
Cita secreta en el árbol

En el mismo momento en el que Blanca entraba en la consulta del dentista, Gretta trepaba por la escalera que llevaba hasta la casa del árbol. Precisamente había quedado allí con Celia, María y Paula para hablar sobre el cumpleaños de Blanca.

Cuando estuvo dentro, se quitó los zapatos y dejó en el suelo su mochila. Una vez se puso cómoda, sonrió, abrió los brazos y respiró profundamente. ¡Le encantaba ese lugar!

Las fotos en la pared, los cojines de colores, el farolillo que salpicaba las paredes de estrellas y que la abuela de María había traído de un viaje a la India… todo era precioso allí arriba. La casa del árbol era un lugar muy especial: estaba lleno de ellas, lleno de su amistad.

Las otras tres amigas aún no habían llegado y Gretta comenzó a impacientarse.

No tenía mucho tiempo. A las seis y media, como muy tarde, tenía que irse. Debía acudir a la academia «Los Lienzos», como cada viernes. Además, justamente ese día no quería perderse la clase, pues tenía muchas ganas de acabar el dibujo del castillo Birstone para regalárselo cuanto antes a sus padres.

En la mochila llevaba las pinturas que su madre le había comprado y que le hacían falta para oscurecer el cielo y poder pintar las cinco estrellas en forma de «W». Si conseguía terminarlo esa tarde, tenía hasta el próximo miércoles para secarse y, en unos días más, estaría sobre la chimenea de su salón.

Un extraño maullido llamó la atención de Gretta. Parecía que el animal que lo emitía estaba asustado o en apuros. La chica se asomó a la puerta de la casa del árbol y miró en la dirección de donde venía el sonido.

—¡Glum! Ven aquí bonito —exclamó Gretta al ver al gato de María atemorizado bajo el árbol.

El gato subió rápido y se lanzó a los brazos de Gretta.

—¿Qué le pasa a este gato bonito? —Gretta acariciaba el suave pelo de Glum mientras este, a salvo entre sus brazos, ronroneaba.

Unos ladridos contestaron a la pregunta que Gretta había formulado: Glum se había asustado al ver al enorme perro del jardín de enfrente.

Allí vivía doña Clocota junto a su perro y sus cotilleos. La señora tenía fama de chismosa y no era para menos: siempre estaba tras el visillo de la ventana, pendiente de todo, a la caza de cualquier información.

Así que cuando se dio cuenta de que Gretta estaba en la casa del árbol, corrió a su encuentro, tirando de la correa de su enorme perro. En ese momento doña Clocota volvía a su casa, después de un interesante paseo donde había descubierto un cartel, varias casas más allá, con un «se vende».

Sin embargo, la mujer había decidido posponer sus dudas acerca del motivo de la venta, o sobre qué nuevo vecino vendría a vivir al barrio y había decidido centrarse en obtener información de Gretta.

La vecina de María había pasado medio agosto con un gran interrogante sobre sus cabellos grises. ¿Dónde se habían metido «las niñas»?

Y es que, doña Clocota no les quitaba ojo de encima. Sabía perfectamente cuándo se reunían en la casa del árbol y cuándo no. Quiénes asistían a las reuniones y quién no y cuándo se iba cada una. Pero no era en las únicas que se fijaba, controlaba todos los movimientos del barrio y presumía de ser la vecina más informada de toda la ciudad. ¡Menuda era ella!

Por eso los días de agosto que las chicas habían estado en Londres, doña Clocota no había podido dormir bien por las noches.

La causa no era el calor, precisamente. El hecho de no tener todo bajo su control le ponía muy nerviosa. Pasaba las tardes frente a la ventana, mirando la casa del árbol, mientras el ventilador daba vueltas y vueltas, igual que sus pensamientos. ¿Dónde se habían metido?

Así que ahora que tenía la oportunidad de preguntarle a una de ellas, no iba a dejar pasar la ocasión.

Estiró de la correa de su enorme perro y se dirigió hacia la casa de los Lomper.

—Baja, maja. Baja un momento —le dijo con cierta prisa mientras levantaba un pie y luego el otro pues la correa se le había enganchado con su larga falda negra—. Y tú, perrito mío, siéntate ya de una vez y pórtate bien que tengo unas cosas que averiguar.

Al animal le hablaba igual que si fuera una persona y este, más o menos, le entendía. Así que el perro, obediente, se tumbó sobre la acera y bostezó, mostrando toda su dentadura.

Gretta, desde arriba, vio los enormes colmillos y se asustó un poco. Acarició al gato de María con más cariño. Pobre Glum, no le extrañaba que estuviera aterrado, aquel perro era casi como un lobo.

—¡Hola, doña Clocota! —respondió Gretta mientras dejaba al gato en el suelo y lo animaba a resguardarse en la casa del árbol—. ¿Qué le trae por aquí?

—Baja, maja, te digo. No me hagas quedar mal. No es de buena educación hablar a voz en grito —dijo muy digna, como si ella no hubiera sido la primera en alzar la voz.

Gretta se puso los zapatos y bajó.

Doña Clocota, un poco alterada ante la idea de obtener tan deseada información, no atinaba a ponerse bien las gafas de ver de cerca. Tan pronto se las ponía torcidas, como se le medio caían. Tras varios intentos, se las colocó rectas y, entonces, pasó a examinar detenidamente el rostro de Gretta. Parecía como si estuviera buscando algo.

Gretta miraba a doña Clocota. Tras los cristales de las gafas, los ojos de la mujer se veían aumentados, enormes, mientras recorrían su cara de arriba a abajo y de derecha a izquierda. La chica se preguntaba qué miraba con tanto interés.

—Pues no estás nada morena. No te ha dado el sol este verano —concluyó algo decepcionada ya que ella había imaginado que las chicas se habrían ido a la playa juntas.

—No, no estoy morena —comentó Gretta, sin entender nada.

—Estás pálida como el papel —dijo doña Clocota torciendo la boca y levantando las cejas, como extrañada—. Diría, incluso, que llevas la lluvia metida en la piel.

A veces, doña Clocota decía las cosas de manera algo poética.

—Pero, ¿dónde os habéis metido este verano? —preguntó frunciendo tanto el entrecejo que parecía enfadada.

Gretta empezó a comprender el desconcierto de doña Clocota, la vecina de María, y la prisa que le metía para que bajara de la casa del árbol: quería obtener toda la información que le había tenido en vilo medio agosto.

—¡Claro! Hemos estado en Londres —le aclaró Gretta, por fin.

La señora dio un paso hacia atrás. Se llevó una mano al pecho sintiéndose tranquilizada con la noticia y respiró aliviada. Por fin sabía dónde se habían metido «las niñas» durante todos esos largos y calurosos días de verano en los cuales no las había visto. Pero enseguida volvió a inquietarse.

—¿En Londres? —preguntó la señora extrañada.

—Eso es, en Londres —confirmó Gretta muy sonriente recordando los buenos momentos allí vividos.

—¿Para qué habéis ido allí? ¿Fuisteis solas? ¿Ese sitio no está demasiado lejos? ¿Viajasteis en un avión? —Los interrogantes estallaban en la boca de doña Clocota y salían lanzados hacia Gretta como palomitas.

—¡Grettaaaa! —Paula la llamaba desde arriba—. ¿Subes yaaaa? Te estamos esperandoooo.

El resto de las amigas habían ido llegando mientras Gretta era interrogada por doña Clocota.

—Para practicar inglés. No, todas juntas. No, no está tan lejos. Sí. Adiós, tengo que irme —Gretta respondió todo seguido a las preguntas de doña Clocota—. ¡Ya voy Paulaaaa!

La vecina cotilla se fue de allí con pasos cortos pero decididos, estaba contenta y muy satisfecha de haber obtenido información. Mientras caminaba, la larga falda negra se le movía hacia ambos lados y parecía un pingüino.

—Vamos a casa, Dug, y miremos un rato por la ventana. Este barrio cada día está más chiflado. A Londres, ¡imagínate!, ¡eso suena a lejos! —terminó de decir mientras sacaba una llave del interior de la manga de su chaqueta, donde la llevaba cosida por una cuerda.

Capítulo 7
Preparativos para la fiesta

—¡Por fin reunidas! —exclamó Gretta una vez se despidió de doña Clocota.

María no le prestaba atención pues estaba totalmente concentrada mirando por todos los sitios, por cada esquina, detrás del baúl, debajo de los cojines, ¿qué buscaba?

—¡Ah, estás aquí, Glum! —exclamó María que había estado buscando a su gato por todo el jardín, y que no sabía el miedo que tenía a su vecino Dug, el perro de doña Clocota.

—¿Empezamos la reunión? —Paula se descalzó y se sentó en el centro.

—Sí, no perdamos tiempo. —Celia consultó su reloj.

—Sí, sí, empecemos cuanto antes. A ver, sugerencias para el cumpleaños de Blanca, por favor —dijo Gretta sacando la pizarra para escribir en ella todas las ideas que se les ocurrieran.

—¿Ya sabéis a quién va a invitar? —preguntó Paula.

—Creo que a unas cuantas del colegio y a una amiga suya de clases de ajedrez —aseguró María que había estado hablando con ella del tema—. Este año pasa de invitar a nadie por compromiso y quiere hacer algo en su casa.

—Sí, eso mismo me dijo a mí —confirmó Gretta—. Por cierto, tenemos que hablar del regalo, no nos queda tanto tiempo.

—Yo propongo que le regalemos una pluma antigua de escritura. —Celia fue directa al grano, pues tenía la certeza de que el tiempo jugaba en su contra.

Gretta dibujó una bonita pluma en la pizarra y, al lado, una libélula.

—¿Y esa mariposa? —preguntó Paula extrañada—. Te ha quedado un poco alargada y delgaducha, ¿no? ¿También le vamos a regalar un insecto? No sé si le hacen mucha gracia...

—No es una mariposa, es una libélula. Ja, ja, ja, ¿tan mal la he dibujado? —bromeó Gretta.

—No, no, para nada, es que desde aquí no la veía bien. —Paula se acercó un poco más a la pizarra.

—Tenemos algo más de una semana hasta el cumpleaños de Blanca —continuó Celia—. Es poco tiempo, hay que darse prisa.

—Qué agobiadas, ¿no? Las dos estáis todo el rato repitiendo que no tenemos mucho tiempo. —Paula se sorprendió de las prisas que Celia y Gretta metían—. En una semana nos da tiempo de ir a todas las tiendas de este barrio y de toda la ciudad.

—Bueno, la pluma que os digo no la venden en la tienda de la esquina —aclaró Celia—. Ni en ninguna tienda del barrio.

—Por desgracia tampoco la venden en ninguna de las papelerías de la ciudad —continuó Gretta.

—Ni del país —añadió Celia.

—Chicas… no me entero. A ver, explicaos mejor —pidió María.

—Eso, ¿dónde venden la pluma? ¡Qué misteriosas! —dijo Paula intrigada.

—A ver, os lo explico. Cuando estuvimos este verano en Londres, ¿os acordáis de aquella tienda de antigüedades que visitamos cuando íbamos hacia el teatro de marionetas? —Celia trató de que sus amigas hicieran memoria.

—Sííí, estaba llena de cosas interesantes. Y la dueña qué maja era que nos dejó ver todo y hasta tocar las cosas —Paula recordaba aquella tienda con ilusión.

—Pues bien, allí Blanca vio una pluma que le chifló. Quiso comprarla pero no tenía suficiente dinero. Así que... ¿qué os parece si se la regalamos por su cumpleaños? —preguntó Celia después de dar las explicaciones.

—¡Fantástico! ¡Es una idea excelente! —exclamó María muy emocionada—. Pero, un momento... si la tienda está en Londres, ¿cómo vamos a comprar la pluma?

—Muy buena pregunta, María. La tienda se llama «*Silver Dragonfly Antique Shop*» y el siguiente paso es buscar si tiene tienda *online* para encargarla —explicó Gretta.

—Tienda de antigüedades libélula de plata —Paula tradujo el nombre de la tienda, pensativa—. ¡Ahhh! Ahora entiendo por qué has dibujado una libélula junto a la pluma.

—Gretta siempre con sus pequeños detalles —Sonrió María.

—Y con mi prisa. ¡Tengo que irme en diez minutos a la academia de dibujo! —dijo un poco decepcionada de que el tiempo pasara tan rápido cuando estaba con sus amigas.

—Está bien. Vamos a decidirnos. Creo que a todas nos parece una buena idea lo de la pluma. He pensado que para pedirla *online*, en el caso de que exista tienda virtual, deberemos pedir ayuda a nuestros padres —afirmó Celia.

—Cuenta con mi padre —Gretta levantó el dedo—, siempre me ayuda en todo lo referente a internet, como sabéis hay sitios que no son seguros.

—Genial, ¡bien por tu padre! —aplaudió María.

—Esta noche le diré lo del regalo y buscaremos en internet la tienda *online* —añadió Gretta.

—Estupendo, pues ya nos contarás —dijo Paula—. Por cierto, ¿qué os parece si para su cumpleaños le hacemos nosotras la tarta?

—Ah, sí, ¡qué bien! Para eso contad con el horno de mi madre y con sus recetas especiales —dijo María cuya madre, Nadia, había tenido una tienda de helados artesanos y era una experta cocinera.

—Me parece una buena idea y muy divertido. Siempre me gusta ir a cocinar con tu madre, María —aseguró Gretta mientras se ponía los zapatos y cogía la mochila.

—¡Le prepararemos su tarta preferida! —exclamó Celia que ya estaba más tranquila pues veía que todas apoyaban la idea de regalarle a Blanca la preciosa pluma—. ¡Chocolate, fresas y coco!

—Por cierto, chicas, antes de que Gretta se vaya —anunció María acercándose hasta una esquina de la casa del árbol donde algo permanecía tapado con una larga tela—, tengo una sorpresa para vosotras, ¿estáis preparadas para ver lo que hay aquí debajo?.

María se agachó y cogió uno de los extremos de la tela.

—¿Queréis que retire la tela? —preguntó con cierta intriga.

—¡Sííí! —respondieron todas a la vez.

—¡Tacháááán! —María estiró de la tela y la retiró, dejando al descubierto una pequeña vitrina que su padre había hecho con madera. Tras un cristal podía verse el trofeo que habían ganado en la yincana del campamento del castillo Birstone.

—¡Hala! ¡Ha quedado muy bien! —Gretta se acercó hasta el mueble hecho en exclusiva para guardar el premio, y las demás la siguieron.

Las chicas miraban el trofeo tras el cristal de la vitrina, hasta que Paula, muy decidida, abrió la puerta y lo cogió.

Todas se quedaron en silencio, recordando ese día y una sonrisa se dibujó en sus caras.

—Vamos a dejarlo dentro y tapemos la vitrina con la tela. Así el día que Blanca venga se lo enseñaremos con un sorprendente ¡tacháááán! —dijo María pensando en la agradable sorpresa que le darían a Blanca.

—Bueno, yo me voy. Chicas, mantenedme informada. Cualquier cosa nos comunicamos mediante nuestros gatos, ¿vale? —les pidió Gretta levantando el pulgar desde la puerta.

—¡Sí! No te preocupes. Pásalo bien en la academia de dibujo —le deseó María—. ¡Ah!, y que te dé tiempo de terminar ese fantástico cuadro del castillo.

El resto de las chicas estuvieron una media hora más en la casa del árbol. Ese fue el tiempo que calculó doña Clocota que, desde su ventana, no quitaba ojo a la casa del árbol.

—Qué raro —dijo doña Clocota a su perro Dug—, esta vez ha faltado una de «las niñas» a esa reunión.

Una vez la casa del árbol quedó vacía, la mujer soltó el visillo que cayó como un cansado párpado tapando la visión del jardín de María. Se prepararía la cena y se iría pronto a dormir. El sueño le ayudaba a ordenar sus pensamientos y muchas veces soñaba con cotilleos que la entretenían tanto o más que los reales.

—¡Guau, guau, guau! —Dug se levantó del suelo y se dirigió a la ventana. Las babas le colgaban y se movían de un lado a otro con cada ladrido.

Doña Clocota sabía que esa reacción de su perro era un aviso de que alguien andaba por los alrededores. Como dicen que los perros se parecen a sus dueños, Dug era un perro bastante cotilla también y siempre estaba pendiente de todo. La mujer descorrió de nuevo el visillo y se dispuso a averiguar quién andaba por ahí fuera.

Se extrañó mucho al descubrir que alguien trepaba por el árbol y se introducía en la casita.

—¿Sería alguna de las «niñas» que había olvidado algo? —murmuraba la mujer.

Enseguida se dio cuenta de que no era ninguna de sus entrañables niñas. Esa persona vestía un chándal y unas deportivas, tal y como pudo distinguir la mujer.

Además, ese intruso no era nada habilidoso trepando por los árboles, ni tampoco nada astuto… ni siquiera se había agarrado a la cuerda…Estaba claro que no conocía el lugar.

Capítulo 8
Extraña sombra en el árbol

Olivia llegó arriba con la lengua fuera. Le había costado mucho trepar por la escalera de la casa del árbol, pero el esfuerzo no acababa ahí: tenía que actuar con rapidez ya que en cualquier momento alguien podría descubrirla.

Había tomado la decisión de ir a la casa del árbol, donde sabía que aquellas chicas solían reunirse. Quería averiguar, por sus propios medios, si era ahí donde estaba guardado el trofeo.

No tenía ninguna gana de pasar los recreos pegada al grupo de Gretta, Celia, Paula, Blanca y María esperando que el azar le diera pistas sobre dónde estaba el premio de la yincana. Quería resolver eso cuanto antes, hacerse un *selfie* y escribir la carta para su lejana admiradora francesa.

Sí, estaba segura: su compañera de correspondencia pensaría que ella era una deportista famosa y presumiría de cada carta que recibiera. Iba a ser la sensación en el colegio de Rennes.

Por ese motivo, para hacerse pasar por una deportista, Olivia se había puesto un chándal y unas deportivas. Tenía la intención de, una vez encontrado el trofeo, sacar su móvil y hacerse una fotografía, por eso se había vestido para la ocasión. Ni siquiera tendría que llevárselo, se fotografiaría allí mismo.

Doña Clocota, estudiando cada gesto de la persona que se metía en la casa del árbol, dedujo que era una intrusa. La postura del cuerpo denotaba claramente que estaba entrando allí sin permiso, con la intención de que nadie le descubriera.

Menuda era doña Clocota para esas cosas, no se le escapaba ningún detalle. Por algo su mejor amiga la apodaba «la Agatha Christie del barrio» en honor a la famosa escritora de misterio, capaz de resolver cualquier caso por difícil que resultara.

La mujer, a base de observar a la gente, tenía un amplio catálogo de gestos y posturas que sabía interpretar a la perfección para obtener cotilleos secretos, esos que no se contaban así como así.

Y, ahora, mirando la enigmática silueta desde la ventana de su casa, viendo la espalda medio curvada de la persona que acababa de entrar, los brazos encogidos a la altura del pecho y las manos hacia adelante, podía decir sin temor a equivocarse que esa persona se estaba colando sin permiso y que tenía malas intenciones. ¿Sería un ladrón?

Una vez dentro, Olivia encendió la linterna de su móvil. Aún entraba algo de luz del exterior, pues todavía no había anochecido, pero la luz no era la suficiente como para buscar por todo aquello.

—¡Qué horror de sitio! —se dijo arrugando la nariz—. ¡Qué feos son estos cojines!

A la chica todo le parecía muy feo, odioso, aunque, en realidad, sentía bastante envidia de que aquellas amigas tuvieran un lugar para reunirse.

Olivia abrió el baúl esperando que el trofeo estuviera ahí, pero no tuvo suerte. Continuó mirando por todos los sitios tratando de dejar las cosas tal y como estaban. No quería levantar sospechas. Debía parecer que nadie había estado allí. Cuando casi se había dado por vencida y pensaba que realmente el trofeo no estaba guardado en la casa del árbol, se fijó en un extraño bulto, tapado con una tela. La curiosidad le pudo y quiso ver qué se ocultaba tras la sábana.

Cuando retiró la tela, ¡allí estaba el trofeo!

—¡Soy una *súper* detective! Ji, ji, ji —la chica reía nerviosa.

Sin pensárselo dos veces, abrió la puerta y lo cogió. Las manos le temblaban. En el fondo sabía que aquello no estaba bien y tenía miedo de que la pillaran.

Ahora se arreglaría un poco para hacerse la foto. Buscó un lugar seguro para apoyar el trofeo y llegó a la conclusión de que lo mejor era apoyarlo en el suelo, ahí seguro que no se caía. Luego, se dio un poco de brillo rosado en los labios. Quería estar lo más mona posible en el *selfie*.

Doña Clocota seguía mirando por la ventana de su casa. La mujer estaba algo confundida pues veía, de vez en cuando, que de la casa del árbol salían como luces, algo parecido a los *flashes* de las cámaras y la mujer se rascaba los ojos pensando que tal vez eran cosas suyas que cada día tenía peor la vista.

Sin embargo, pronto se dijo que no, que era seguro que esos *flashes* provenían de una cámara... parecía que alguien estaba haciendo fotos al lugar y eso le pareció aún más raro. Si quien había entrado era un ladrón, no tenía ningún sentido hacer fotografías...

Olivia se emocionaba cada vez que apretaba el botón de su móvil para hacerse un *selfie*. Lo acercaba, lo alejaba de su cara y *click, click, click.* La chica se hacía multitud de tomas: con el trofeo arriba, con el trofeo delante de su cara, con el trofeo a un lado... estaba realmente emocionada.

En una de esas veces, se lo acercó tanto, que una de las asas del trofeo se le enganchó en el pelo y, cuando la chica tiró, varias de las pinzas de su peinado salieron volando por el lugar. Trató de recuperarlas palpando el suelo, pues eran muy especiales y muy exclusivas.

Justo entonces escuchó ruidos provenientes del jardín y Olivia se asustó. Por nada del mundo quería que la descubrieran, sería vergonzoso para ella. La chica olvidó totalmente las pinzas perdidas, había recuperado un par de ellas y ahora había otra cosa que le preocupaba más: ¿quién andaba ahí fuera? Se asomó con mucho cuidado, debía evitar por todos los medios ser descubierta. Entonces vio que era el padre de María. El hombre se dirigió hasta un montón de sillas de jardín, cogió una y volvió a meterse en su casa.

—Uff, por los pelos —murmuró la chica.

Olivia pensó que después de lo ocurrido era mejor irse pronto: no quería volver a tentar a la suerte. Al fin y al cabo tenía como veinte *selfies*, y seguro que entre tantas habría alguna buena para enviar en la carta a Francia.

Colocó el trofeo dentro de la vitrina, puso la tela por encima y miró a su alrededor comprobando que todo estaba tal cual ella lo había encontrado.

Así era o eso, más bien, le parecía a ella… Olivia no se había dado cuenta de que una de las muchas pinzas de su peinado había caído dentro del trofeo cuando el pelo se le había enganchado…

Doña Clocota vio cómo la silueta intrusa salía de la casa del árbol y bajaba con rapidez. Ella también iba a ser rápida en sacar sus prismáticos del cajón pues, de esa manera, podría saber a ciencia cierta de quién se trataba.

Doña Clocota miró a través de los dos círculos de los prismáticos y pudo ver que la intrusa era nada más y nada menos que ¡Olivia, la hija de los Andrius!

—Y parecía tan educadita… ¡Este barrio está cada vez más chiflado! —exclamó la mujer—. ¡Más chiflado! En cuanto tenga ocasión les diré a «las niñas» que han tenido una visita inesperada, a ver si me cuentan de qué va todo esto.

Capítulo 9
Gatos mensajeros

Blanca pasó toda la tarde en el dentista. Allí se había encontrado con Rosaura, la delegada de clase, con la que se llevaba especialmente bien. Blanca aprovechó para hablarle de su cumpleaños.

—Oye, Rosaura, me gustaría que vinieras a la fiesta de mi cumpleaños —le comentó Blanca—. Es el sábado cinco de octubre.

—¡Me encantaría ir! —Rosaura puso las manos sobre sus rodillas y adelantó su cuerpo para preguntarle más detalles—. ¿Dónde lo vas a celebrar?

—Pues este año no quiero ir al cine ni a merendar a ningún sitio, quiero hacer la fiesta en mi casa —le confesó Blanca—. ¿Podrás venir?

—¡Seguro que sí, no me lo perdería por nada del mundo! —exclamó Rosaura muy emocionada.

El tiempo pasaba despacio en la sala de espera de la consulta del dentista. Cuando Rosaura se fue, pues era su turno, Blanca no sabía qué hacer ni cómo pasar el rato: miraba las paredes, el techo, cogía alguna revista, veía cómo pasaban otras personas antes que ella. Todo era lentitud. Cada vez que la enfermera abría la puerta para avisar a otro paciente, un olor a pasta de dientes entraba como un huracán y se le metía por la nariz.

Al final, Blanca volvió a su casa muy tarde. Ese viernes, la consulta estaba repleta de gente. Parecía como si a toda la ciudad le hubiera dado por ponerse aparato o como si hubiera habido una plaga de caries.

Además, el doctor Mondientes no se caracterizaba por su rapidez. Se había tomado su tiempo para ponerle los *brackets*, le había explicado detalladamente cómo debía cepillarse los dientes y repetido varias veces lo que podía y no podía comer. Con lo cual, cuando Blanca y su madre volvieron a casa, eran cerca de las ocho.

La chica se decepcionó al comprobar que ya no le daba tiempo de ver a sus amigas. Blanca se sentía bastante sola. Aunque no le habían hecho daño al ponerle los *brackets*, le daba un poco de corte su nueva imagen. Se miraba en el espejo y se decía que no estaba tan horrible como imaginaba, pero aun así se sentía rara.

Pequeños cuadraditos azules recorrían sus dientes y, al sonreír, parecían brillar. Los *brackets* eran de un azul muy bonito y Blanca sabía que a sus amigas les iba a encantar el color. Pero, ¿qué habrían hecho esa tarde?

Le hubiera encantado verlas pues, en estos momentos, eran un gran apoyo para la chica. Aún estaba un poco acomplejada. La sensación de llevar algo en la boca todo el rato era un poco extraña.

—En una semana ni te acordarás de que los llevas —le había asegurado su madre, tratando de animarla.

Al escuchar eso, Blanca se había dado cuenta de que para el cinco de octubre ya los llevaría con total naturalidad. Sonrió al acordarse de su cumpleaños, ¡tenía tantas ganas de que llegara!, pero enseguida se tapó la boca, pues aún no se acostumbraba al aparato.

Blanca bajó las escaleras y fue hasta la cocina donde su gata Min dormía dentro de su cesta, sobre una manta de cuadros rosas y marrones extendida en el suelo, a modo de alfombra.

La chica se acercó hasta su gata y se arrodilló a su lado. Le encantaba mirar cómo dormía. Min, en ese momento, abrió los ojos como si hubiera sentido la presencia de Blanca, que tras acariciar su suave pelo, decidió que iba a mandarle una nota a sus amigas.

Hoy ya no podía verlas, pero igual mañana podrían quedar un rato. Las necesitaba ahora que se sentía un poco rara con el aparato en la boca.

Fue hasta el salón y abrió la tapa de un curioso mueble. Era un *secreter* antiguo. Dentro había hojas y varios bolígrafos. La tapa crujió cuando Blanca la levantó. El olor de la madera de caoba era muy especial y la transportaba con la imaginación a tiempos remotos y muy lejanos.

El mueble había sido de su bisabuela y a Blanca le encantaba porque estaba lleno de pequeños cajones donde guardar secretos. La mayoría de los cajones tenían unas diminutas llaves. Si las mirabas de cerca, podías ver detalles grabados en su metal: flores, racimos de uvas o pequeños pájaros. Eran todas preciosas y de algunas colgaba un lazo de terciopelo. Otros cajones estaban siempre abiertos y otros estaban siempre cerrados pues las llaves se habían perdido.

Blanca había leído en algún libro que los muebles de ese estilo tenían compartimentos secretos que no se veían a simple vista y solo se abrían al apretar en un determinado lugar. Por eso, a veces, la chica repasaba con sus manos la madera del *secreter* en busca de ese botón oculto que le abriría lugares ocultos. Otras veces, la chica se sentaba ahí a escribir en el «Diario de los deseos» que le había regalado la amiga invisible en agosto. El *secreter* tenía algo especial, le hacía sentirse como una gran escritora.

Acercó la silla y se acomodó para escribir la nota. La tapa, que hacía de mesa una vez abierta, estaba acolchada por una especie de alfombrilla verde, lo que hacía muy cómodo escribir.

¡Hola, chicas!

Ya he vuelto del dentista. Al final, no ha sido taaan terrible pero ¡tengo muchas ganas de veros!

¿Quedamos mañana a las once en la casa del árbol?

Besos, Blanca.

La chica metió la nota en un pequeño sobre. Se levantó de la silla y cerró con llave la tapa del *secreter*. Luego, fue hasta la cocina.

—Min, ¿dónde estás? —preguntaba Blanca una y otra vez—, es hora de darte un paseo por el barrio.

Pero la gata no aparecía, así que buscó por el salón.

—¿Quieres una chuchería? —le preguntó tras encontrarla acurrucada debajo del sillón.

Parecía que la gata no tenía muchas intenciones de salir a dar una vuelta, estaba muy a gusto en casa. Últimamente estaba un poco perezosa, pero fue oír la palabra chuchería y salió con rapidez de debajo del sillón.

Blanca sonrió ya sin acordarse del aparato y le dio una golosina para gatos con forma de pez, que era la preferida de Min. Luego, con mucho cariño, le puso la pequeña cartita al cuello.

—Venga, te acompañaré hasta la puerta —dijo la chica—. Además, prometo que cuando vuelvas te prepararé un buen tazón de leche calentita.

Al oír la palabra «leche» la gata sacó varias veces su áspera lengua y se relamió.

—Ja, ja, ja —Blanca rio al ver el gesto de Min—. Eres una gata muy lista, estás aprendiendo con mucha facilidad las palabras que te interesan.

Min cruzó la puerta y se alejó despacio en dirección a la casa de Nira, la gata de Celia.

Capítulo 10
Libélula de plata

Celia estaba mirando por la ventana de su cocina. La noche había caído sobre el barrio envolviéndolo todo de oscuridad. Tan solo las farolas, a los lados de las aceras, iluminaban las calles. A Celia le parecieron vigilantes de acero que miraban al suelo mientras, cansados, proyectaban su luz sobre las aceras solitarias.

El insistente maullido de un gato sacó a la chica de sus pensamientos. Celia pensó que podía tratarse del gato de Gretta. Tal vez el animal traería una cartita con información acerca de la tienda de antigüedades de Londres. Eso era lo que habían acordado en la reunión de la casa del árbol: Gretta le iba a pedir ayuda a su padre para buscar información por internet sobre la tienda donde vendían la pluma que había cautivado a Blanca.

Pero no se trataba del gato de Gretta. Cuando el animal estuvo más cerca, Celia pudo distinguir a Min, la gata de Blanca, que se acercaba maullando con un sobre al cuello.

La chica salió al encuentro de la gata y leyó la nota que Blanca había escrito hacía un rato. Luego, se dio prisa por escribir una contestación y que ese mensaje llegara a las demás a través de los gatos.

Mientras tanto, en casa de los Masan, se disponían a cenar. Gretta estaba poniendo los cubiertos y no acertaba a colocarlos bien. Tan pronto ponía dos tenedores como dos cucharas para la misma persona. Se notaba que tenía la mente en otro sitio.

—Umm, no sé yo si voy a saber tomar la sopa con tenedor... —bromeó el padre de Gretta que la veía despistada—. Bueno, no con uno, no, ¡con dos!

—Ay, ja, ja, ja, es verdad, papá. —Gretta los colocó bien y se rio al imaginarse a su padre enredando los fideos de la sopa con los dos tenedores.

En ese momento, Gretta le contó a su padre lo que le sucedía. Le habló del regalo para Blanca y de la idea que habían tenido las amigas de pedir la pluma a través de internet. No contaban con mucho tiempo y eso le preocupaba.

—Ya veo, ya veo. La verdad es que queda muy poco para el cinco de octubre... —dijo Juan, el padre de Gretta, llevándose la mano a la barbilla.

—¿Podríamos buscar ahora información sobre la tienda de antigüedades en el ordenador, papá? —sugirió Gretta.

—Sí, claro, si te vas a quedar más tranquila… veamos si existe o no tienda *online*. Serán solo cinco minutos —propuso el padre de Gretta mientras dejaba la jarra de agua sobre el mantel y se dirigía a buscar su ordenador portátil.

A Gretta se le hizo eterna la espera hasta que el ordenador se encendió y se cargó la pantalla con el buscador de internet.

—¿Cómo dices que se llama la tienda de antigüedades de Londres? —preguntó el padre que había colocado el cursor del ratón en la barra del buscador dispuesto a teclear el nombre.

—«*Silver Dragonfly Antique Shop*» —respondió la chica, impaciente.

Juan tecleo rápido y le dio al «*enter*» del teclado del ordenador, pero lo único que aparecieron, por toda la pantalla, fueron imágenes de broches de libélulas.

Gretta se decepcionó un poco al ver que no había ni rastro de la tienda. La pantalla del ordenador parecía una pradera de libélulas de plata.

—Oye, pues un broche de estos es un buen regalo también —dijo Matilde, la madre de Gretta, que se había acercado a la pantalla para ver la causa que estaba retrasando la cena y enfriando la sopa.

—Mamáááá, por favor… —Gretta no se imaginaba a Blanca con uno de esos broches.

—Ay, hija, pues a mí me encantan. Mira esa qué original. —La madre señaló una libélula que tenía incrustadas piedras azules en las alas.

—Apunta posible regalo para el próximo cumpleaños de tu madre, Gretta —sugirió el padre que tenía cero de imaginación para hacer regalos—. Pero veamos, volvamos al regalo de Blanca. Vamos a buscarlo de otra manera a ver si tenemos más suerte y no se nos llena la pantalla de bichos.

—Ja, ja, ja —rio Gretta ante la cara de medio asco que había puesto su padre al decir la palabra «bichos». Empezaba a relajarse ahora que su padre estaba buscando la tienda.

Las teclas hacían ruido mientras Juan las presionaba al escribir. Cuando dejó de teclear, apareció, en la pantalla, el mapa de Londres.

Gretta miró la gran cantidad de calles y carreteras que se cruzaban aquí y allá. Siguió con la mirada el río que cruzaba la ciudad de lado a lado. Londres era muy grande, pensó.

Juan, al ver la gran cantidad de comercios que había en el mapa de la ciudad, desechó la idea de mirar cada tienda. Eso hubiera sido una locura: había demasiadas. Debía centrarse en la zona donde estaba la calle de la tienda.

—¿Recuerdas la calle donde estaba la tienda? —El padre de Gretta se rascó la cabeza—. Eso nos ayudaría mucho, Londres es muy grande y tiene muchas tiendas.

—Bueno… pues el nombre de la calle no lo recuerdo. Fue una tienda que encontramos de casualidad mientras íbamos hacia un teatro de marionetas, en la orilla de un río —le explicó Gretta—. Aquel que te conté que estaba dentro en una barca.

—Ajá, entonces debe ser esta zona. —Juan amplió una parte del plano de Londres donde había un río y miró cada comercio.

En el mapa, encima de cada tienda, aparecía un círculo rojo en cuyo interior el símbolo de una bolsa indicaba que ahí se podía comprar algo. Al colocar el cursor sobre ese círculo y presionar, se obtenía información de cada comercio.

Tras realizar esto en varios establecimientos, Juan encontró el que buscaba.

—¡¡¡Bien, aquí está!!! Ahora miraremos la información de esta tienda, donde suele poner el horario, la dirección web y esas cosas —explicaba el padre muy contento.

Gretta cruzó los dedos, muy fuerte, tanto que casi le dolían.

—Ummm, lo siento, cariño, pero no estamos de suerte. No hay tienda *online,* ni página web. Solo aparece el horario y el teléfono —acabó por decir el padre de Gretta mientras apuntaba el número en una hoja y lo dejaba sobre la mesa del salón.

—Uff, ¡menudo problema!, tenemos que hacer algo y rápido —pensó en voz alta Gretta—. Tengo que pensar otro plan.

—Eso está muy bien, tener un plan alternativo para cuando las cosas no salen como uno espera —dijo Juan mientras se dirigía a la cocina a calentar la sopa —. Y ahora, ¡a cenar! Me rugen las tripas como si dentro tuviera un león.

—Yo voy enseguida, también voy teniendo algo de hambre. —La chica se llevó la mano al estómago y la movió haciendo círculos—. Pero antes, será mejor que avise a Celia de nuestro descubrimiento, para que vaya pensado en algo. Mañana se lo diremos a María y a Paula.

Gretta se dispuso a escribir una nota, contándole que la tienda de antigüedades no tenía tienda *online*. Se la entregaría mediante su gato, inmediatamente.

Esa noche, Gretta dio mil vueltas en la cama intentando encontrar una solución.

Capítulo 11
Selfies

Gretta no fue la única que pasó mala noche.

Olivia se despertó la mañana del sábado con mucho sueño. Se miró en el espejo que tenía encima de la mesa de estudio y se vio horrorosa: tenía los párpados rojos e inflamados.

La chica había dormido muy poco pues se había quedado hasta tarde eligiendo y creando efectos al *selfie* para la carta a Francia. Luego la había imprimido y había escrito la carta. Nunca se hubiera imaginado tan aplicada, haciendo los deberes nada menos que un viernes por la noche.

Cuando terminó de escribir su carta llena de mentiras, la metió junto con la fotografía en un sobre y lo guardó en su carpeta de Francés.

—Bueno, aunque mis ojos parecen dos tomates, eso no me impedirá ser una famosa deportista —se dijo Olivia frente al espejo estirándose los párpados hacia los lados.

La señal bip, bip, bip procedente de su móvil le indicó que tenía un mensaje de WhatsApp.

Olivia fue rápida hasta la mesilla, donde tenía el móvil, para leerlo. Era del grupo de sus amigas. Tanto Isabella como Camila estaban asombradas con la fotografía que, la noche anterior, les había enviado, y donde aparecía con el trofeo.

Camila: ¡¡¡Ohhh!!! ¿En serio has conseguido el trofeo?

Isabella: Eres increíble, ¡¡¡cuéntanos todo!!!

Olivia: Y no solo eso, ya tengo escrita la carta. Muy pronto me admirarán desde Francia, ja, ja, ja. ¿Quedamos esta mañana?

Olivia guardó rápidamente el móvil debajo de la sábana cuando su madre entró en la habitación. Si la veía al punto de la mañana con el teléfono, seguro que le decía que siempre estaba mirando pantallitas y la amenazaba con quitárselo por la noche.

—¡Buenos días, lacito mío! —La madre de Olivia le dio un beso en la frente a su hija.

A Olivia no le gustaba nada que su madre le llamara «lacito mío». Pero por más que trataba de decírselo, su madre no atendía a razones.

Olivia se ponía de muy mal humor cada vez que escuchaba esto ¿y si un día a su madre le daba por llamarla así delante de sus amigas? O aún peor, delante de algún chico…

—Mamá, por favor… —Olivia cerró los ojos y respiró profundamente mientras sus párpados hinchados temblaban como gelatina—, no me llames «lacito mío», por favor, por favor. Ya no soy ninguna niña pequeña y ¡nunca he sido un lazo!

—Bueno, bueno, no te pongas así. —La madre de Olivia abrió la ventana y se sentó junto a su hija—. Uy, pero ¿qué te ha pasado en los ojos? ¿Has estado llorando? Ven, anda, te echaré una crema muy buena y verás cómo se te pasa enseguida.

—No, no, nada de llorar. Es que ayer me quedé hasta tarde haciendo los deberes y la falta de sueño me ha pasado factura. —Olivia sabía que a su madre le iba a gustar esa respuesta—. Tengo planes para esta mañana.

—¡Eso es estupendo! —La madre de Olivia no se podía creer que su hija hubiera hecho los deberes pues siempre los dejaba para el último momento e incluso a veces ni los hacía.

Bip, bip, bip, sonó el móvil de nuevo.

—Perdona mamá, voy a ver qué quieren mis amigas. —Olivia cogió el teléfono—. Enseguida bajo a desayunar y me das la crema esa.

Camila: Por mí, perfecto quedar esta mañana, no tengo ninguna gana de quedarme en casa, menudo rollazo.

Isabella: Yo también puedo quedar, ¿dónde?

Olivia: como tengo un pequeño problema con mis ojos y no estoy visible, os propongo que vengáis a mi casa antes y luego, si acaso, salimos un rato.

Camila: Ok. Acudo en un rato.

Isabella: Ok. Chao.

Olivia: Venid cuando queráis. *Muacks*.

Capítulo 12
Una mañana de amigas

Mientras «las brujas» quedaban para verse esa mañana en casa de Olivia, las amigas de la casa del árbol tenían sus propios planes.

A Gretta le encantaban las mañanas de los sábados. Parecían largas, era como si tuvieran más horas de lo normal. A la chica le parecían eternas, pero era solo porque aún se tenía todo el fin de semana por delante.

—¡Adiós, mamá! ¡Adiós, papá! He quedado con mis amigas. Me voy a la casa del árbol. —Gretta les dio dos besos a cada uno.

—Pero, ¿cómo es eso? No nos habías dicho que tenías la mañana ocupada y habíamos hecho nuestros planes contando contigo —dijo la madre de Gretta que había sacado entradas para ir a un museo.

—Bueno… es verdad, no os lo había dicho. —Gretta bajó la cabeza un poco arrepentida de no haberles dicho nada a sus padres.

—¿Qué es eso que parece tan importante? —preguntó el padre de Gretta levantando la vista del periódico.

—Bueno, no os había dicho nada porque me enteré muy tarde ayer por la noche. Blanca nos escribió y nos pidió que hoy fuéramos a la casa del árbol porque nos necesita —les contó Gretta tratando de que sus padres comprendieran que era importante que acudiera a la cita con sus amigas—. Lo está pasando un poco mal con lo del aparato de los dientes

—Oh, vaya, pobre Blanca. Bueno, por nosotros no te preocupes, cambiaré las entradas para esta tarde —dijo Matilde muy comprensiva—. Así tú también podrás venir.

—¿En serio? ¡Gracias, mamá! —Gretta abrazó a su madre. A la chica le gustaba mucho visitar museos y no quería perdérselo.

—Venga, no te entretengas más. Las amigas tienen que estar en todos los momentos, en los buenos y en los malos. —Su madre la acompañó hasta la puerta.

Todavía eran las once menos veinte cuando Gretta salió de su casa. La mañana era soleada, los pájaros cantaban en las ramas y algunas hojas caían indicando que el otoño estaba cerca. La chica caminaba tranquilamente, mirando el paisaje mientras sonreía.

No es que no tuviera problemas. ¡Vaya si los tenía con el regalo de Blanca ahora que había descubierto que no existía tienda *online*! Pero estaba segura de que encontrarían una solución.

A mitad de camino, tuvo una idea. Se dio la vuelta y corrió en dirección a su casa. Entró tan rápido que su gato se quedó perplejo con los ojos muy abiertos, medio asustado con una patita levantada.

Gretta cogió un papel que había sobre la mesa del salón, lo dobló y se fue. Después, corrió hacia la casa del árbol.

Llegaba pronto pero, precisamente, eso es lo que quería. Tenía la esperanza de que Celia, María y Paula también fueran un poco antes de las once, que era cuando habían quedado con Blanca, para así poder hablar del regalo.

—¡Hola, Celia! —Gretta saludó de muy buen humor a su amiga. Eran las únicas que habían llegado ya—. ¡Qué estupenda mañana hace!

—¿Es cierto lo que ven mis ojos? —Celia se quitó las gafas y, después de limpiarlas con su camiseta, se las volvió a poner—. Chica, no sé cómo puedes estar así de contenta con el gran problema que tenemos encima. Desde luego con la nota que recibí ayer donde me decías que no hay tienda *online*... lo tenemos muy complicado para conseguir la pluma.

—Bueno, estoy segura de que encontraremos una solución. De hecho, ¡la tengo en el bolsillo! —exclamó Gretta sacando un papel doblado en cuatro partes y desdoblándolo delante de los ojos de Celia.

—Son números, sí, vale, ¿esa es la solución? —Celia no entendía qué significaba aquella fila de números que con tanta ilusión le mostraba su amiga—. ¿Qué se supone que hay que hacer con ellos? ¿Una suma? ¿Una división? ¿Resolver una ecuación? Ay, no entiendo nada.

—No son solo números. ¡Es el número de teléfono de la tienda de antigüedades! —Gretta tenía la esperanza de poder comunicarse con la dueña. Tal vez podrían explicarle lo que sucedía y encontrar una manera de que la pluma llegara por correo.

—¿Quieres decir que vamos a llamar a la tienda? —Celia se sorprendió—. ¡Qué corte! Yo no pienso hablar. Si acaso llamas tú, ¿eh?

—No, no vamos a llamar nosotras. Llamará un adulto. Preguntará si podrían enviar la pluma a España y el precio. Explicará que es para un regalo y esas cosas, así la dueña igual se da más prisa. También le tendrá que preguntar cómo pagar la pluma —explicaba Gretta muy segura de lo que iba a suceder.

—Y, ¿qué adulto va a llamar? Tendrá que hablar en inglés —dijo Celia pensativa—. Así que con mi madre no cuentes, ella habla francés a la perfección, pero no tiene ni idea de inglés.

—¡Qué suerte que sepa francés! Así podrá ayudarte con el intercambio de cartas al colegio de Rennes —dijo Gretta recordando los deberes que tantas ganas tenía de hacer, aunque eran para el próximo jueves.

—Sí, me puede ayudar en eso, pero no nos puede ayudar para llamar a la tienda de Londres. —Celia se rascó la frente— ¿Se te ocurre alguien?

—Bueno, no sé, lo podemos ir pesando. De momento será mejor que se lo contemos a las demás. —Gretta vio que Paula y María venían casi a la vez.

—¡Hola! ¿Estamos todas? —María estaba impaciente por ver a Blanca. En unos meses a ella también le pondrían aparato. De momento, solo tenía que llevar un ensanchador para el paladar por las noches.

—Por suerte Blanca aún no ha llegado —dijo Celia—. Así que nos da tiempo de contaros las últimas novedades acerca de la tienda de Londres.

—¡Eso, contadnos! Yo, al menos, estoy impaciente. ¿Habéis descubierto si hay tienda *online*? —preguntó Paula.

Gretta y Celia pusieron a sus amigas al corriente de la nueva situación en la que se encontraban, sin quitar ojo de la puerta de la casa del árbol por si llegaba Blanca. No querían que se enterara de lo que se llevaban entre manos.

—¿Y quién llamará a la tienda? —María se empezó a preocupar. Eso era otro nuevo problema.

—¿Se os ocurre alguien? —preguntó Celia que estaba deseosa de encontrar la persona idónea, pero por más que pensaba no daba con la solución.

—Psss, chicas, por ahí viene Blanca, cambiemos de conversación, rápido —les avisó Paula que había permanecido todo el rato apoyada en la puerta, vigilando.

En la casa de enfrente, doña Clocota miraba atenta tras su ventana. Había contado hasta cinco: todas «las niñas» habían ido a la casa del árbol esa mañana de sábado. Seguramente no sabrían nada de la visita clandestina que la tarde anterior se había dedicado a fotografiar su lugar de reuniones. ¿Encontrarían todo en orden?

Blanca se agarró a la cuerda que colgaba de una de las ramas del árbol y subió las escaleras. Una vez dentro saludó a sus amigas y sonrió confiada para que vieran su aparato.

—¿Os gustan mis *brackets*? —preguntó la chica mostrando sus dientes.

Junto a sus amigas no sentía vergüenza de mostrarse tal cual estaba. Ellas no la iban a juzgar, ni tampoco a criticar, pues eran amigas de las de verdad.

—¡Qué color más chulo! —dijo enseguida Gretta al ver el azul claro—. ¡Me encanta!, has tenido muy buen gusto en elegirlo.

—Son muy bonitos, parecen como gotitas de agua. Y son pequeños. Yo pensaba que iban a ser más grandes. —María se acercó hasta Blanca para ver más de cerca los *brackets*.

Paula sujetó a Blanca de las manos y le zarandeó los brazos de un lado a otro.

—¡Venga! Suelta ya esas inseguridades, ¿no te das cuenta? Estás como siempre pero con el aparato en la boca —aseguró Paula—. ¿Qué esperabas?

Las chicas rieron y enseguida se pusieron a colocar los cojines en el suelo y a prepararse para pasar allí parte de la mañana, contándose sus cosas.

—¡Tengo unas ganas enormes de que llegue mi cumpleaños! —Blanca lo dijo abriendo los brazos de alegría y girando sobre sí misma como una peonza—. Este año quiero que la fiesta sea a nuestro gusto. Además, no seremos muchas: nosotras, Rosaura que me dijo ayer que vendría, mi amiga Telma de ajedrez y las gemelas de clase.

—¡Genial, son muy majas! Haremos una pequeña gran fiesta entre todas —aseguró Gretta—. ¿Te apetece algo en concreto o lo dejas en nuestras manos?

—Había pensado que vinierais a casa a tomar la tarta. Espero que los *brackets* no me molesten al comerla, ¡no quiero perdérmela! Podríamos ver una película o jugar a algo. Pero bueno, si queréis, lo que hagamos después lo dejo en vuestra manos —comentó Blanca.

—Eso es arriesgado, ¡tenemos mucha imaginación! Puedes esperarte cualquier cosa —Celia rio pero, en el fondo, empezaba a dudar de esa gran imaginación. Ahora sus pensamientos solo estaban puestos en encontrar a alguien que pudiera llamar a la tienda de Londres.

—Seguro que si es con vosotras, será algo especial —afirmó Blanca—. Por cierto, cambiando de tema, el martes os enseñaré la revista del campamento. Ada me ha dicho que me va a dar un ejemplar.

Al escuchar el nombre de Ada, Celia dio un bote sobre el cojín. Aquellas tres letras, habían hecho que una idea se le cruzara por la cabeza. El resto de las chicas también se miraron entre sí. Parecía que Blanca, sin saberlo, les acababa de dar una estupenda solución al problema que tanto les estaba preocupando.

Capítulo 13
Un gran favor

El lunes, Gretta y Celia se quedaron un rato más después de terminar las clases: tenían que hablar con Ada.

—¿No venís? —les preguntó Blanca que siempre solía ir con ellas de camino a su casa.

—Uy, pues es que tenemos que preguntarle unas dudas a un profesor y creo que nos llevará bastante rato —dijo Gretta por poner una excusa que sonara creíble.

—Vaya, pues os esperaría... pero tengo que llegar pronto a casa. Lo siento, chicas, nos vemos mañana —Blanca se despidió de sus amigas.

—No te preocupes, Blanca, vete yendo tú —dijo Celia.

Gretta y Celia subieron las escaleras que les conducían a la sala de profesores. Los pasillos del colegio se iban quedando vacíos y los pasos de las chicas retumbaban en el suelo. De vez en cuando se cruzaban con algún profesor o con algún alumno rezagado. En las puertas de las aulas se podían ver apoyadas fregonas, trapos y escobas. Pronto llegaría el turno de la limpieza.

Cuando por fin llegaron a la sala de profesores, las chicas cogieron aire. Como la puerta estaba entre abierta, se asomaron. Al ver el bolso de Ada sobre la mesa, supieron que la profesora aún estaba ahí.

La mujer estaba muy concentrada recogiendo sus cosas. No debía ser nada fácil guardar todo aquello sin dejarse nada y debía poner toda su atención. Su gran bolso de colores parecía no tener fin: había metido un estuche, dos carpetas, tres libros, un diccionario, una chaqueta…

—Uff, algún día esta bolsa explotará —dijo Ada hablando sola.

Cuando terminó de recoger, las chicas llamaron a la puerta.

—¡Hola! ¿Qué os trae por aquí? —dijo haciéndose una especie de moño que parecía un pompón rojo—. Pasad, pasad.

—Pues, verás… —Celia comenzó a hablar mientras daba vueltas con el dedo a un hilo que le colgaba de la camiseta—. Tenemos que contarte una cosa.

Ada les señaló un par de sillas y acercó otra para ella.

—Contadme, soy toda oídos. —La profesora se recogió un mechón de pelo detrás de la oreja y se sentó frente a las chicas.

—Es un poco largo, ¿estás segura de que tienes tiempo ahora? No queremos molestarte, a lo mejor tienes cosas que hacer —Gretta quiso asegurarse de que Ada tenía un rato para ellas.

—Claro que tengo un rato, no os preocupéis por eso. —Sonrió la profesora apareciendo en sus mejillas dos círculos rosados.

Las chicas eran tan educadas y amables que daba gusto estar con ellas.

—¿Recuerdas la tienda de antigüedades de Londres? —Celia lanzó la pregunta rápidamente.

Ada se sujetó la barbilla con una mano y apoyó el codo en la mesa, luego miró hacia el techo, pensativa, como haciendo memoria.

—Aquella que nos acompañaste a visitar mientras íbamos de camino al circo de la barca —Gretta dio más detalles.

—¡Ah, sí! Cuántas cosas antiguas tenía y qué agradable era la dueña —Ada se acordó de repente.

—Pues verás, en esa tienda, Blanca vio una pluma que le chifló y quiso comprarla, pero era muy cara y no tenía dinero —continuó explicando Gretta.

—Sí, claro, es que las cosas antiguas suelen ser caras porque suelen ser objetos únicos en el mundo —Ada asintió.

—Sí, lo sabemos... La cuestión es que el cumpleaños de Blanca va a ser el día cinco de octubre y queremos regalarle esa pluma, y habíamos pensado comprarla por internet con ayuda de nuestros padres, pero resulta que no tiene tienda *online* y no podemos ponernos en contacto con la dueña, solo por teléfono, pero hay que hablar en inglés y claro... ¡te necesitamos! —Celia hablaba tan rápido que le faltaba la respiración.

Ada asentía.

—Aquí está el teléfono. —Gretta sacó el papel y se lo mostró a la profesora—. ¿Podrías llamar tú y hablar con la dueña?

—Por favor, por favor, por favor. —Celia juntaba las manos en señal de súplica—. Solo será un momentito, y le preguntas el precio, si lo podría enviar aquí. Y si podría ser pronto.

Ada se quedó muy pensativa. Por un momento las chicas tuvieron miedo de que la profesora dijera que no.

—Está bien, está bien, llamaré. Dame el número de teléfono. —Ada sacó un montón de cosas de su bolso antes de que apareciera el móvil. Luego, comenzó a teclear—. Le preguntaré lo que queréis saber.

Mientras Ada presionaba las teclas de su móvil el ambiente se llenaba de pitidos, pipiripiripííí, pipiripiripííí.

—*Good afternoon!* —dijo Ada muy sonriente cuando alguien descolgó el teléfono al otro lado. Acto seguido, preguntó si era ahí la tienda *«Silver Dragonfly Antique Shop».*

Gretta y Celia se miraban sonrientes, estaban muy contentas de estar tan cerca de conseguir su propósito.

La cara de Ada cambió de repente y la sonrisa se le borró, adoptando una mueca de seriedad.

—*Oh, sorry* —Ada se disculpó cuando alguien le dijo que no era allí, que eso era una peluquería para perros.

—¿Una peluquería para perros? —se extrañó Gretta—, pero si es el número que estaba en internet.

—Igual ha habido una equivocación y alguien lo puso mal en internet. Esas cosas pasan —advirtió la mujer del pelo rojo.

Ada estaba un poco avergonzada por la confusión pero también estaba preocupada por la nueva situación en la que las chicas se encontraban. Ahora ni siquiera podían preguntarle a la amable dueña el precio.

—Chicas, lo siento mucho. —Ada las miró dulcemente tratando de suavizar la mala noticia—. Como veis este número no se corresponde con el de la tienda *«Silver Dragonfly Antique Shop»* de Londres.

Al decir esta última frase, la puerta de la sala de profesores se abrió, dejando paso a Miss Wells.

—*Hello, dears! What's up?* —Miss Wells enseguida preguntó qué les sucedía pues las caras de las chicas eran de bastante tristeza y la cara de Ada era de preocupación.

—Creo que llegas en el momento adecuado para ayudar a estas dos buenas amigas —Ada le habló en español—. Se me acaba de ocurrir una estupenda idea, por favor, siéntate.

Capítulo 14
El brillo de las buenas ideas

Ada, al ver a Miss Wells, tuvo una idea brillante. Tan brillante que iluminaría la esperanza de las amigas.

—Chicas, creo que Miss Wells puede sernos de gran ayuda —Ada se dirigió a Gretta y Celia y las animó a que le contaran a la profesora de Inglés su problema.

Celia y Gretta dudaron un momento. Se miraron y asintieron, ¿qué podían perder por contárselo a Miss Wells? La profesora siempre se había mostrado muy comprensiva y cercana, y era adorable. Desde luego se podía confiar en ella. Estaban seguras de que si ella podía hacer algo, lo haría, sin duda.

Gretta tosió un par de veces para aclararse la voz y comenzó a hablar. De vez en cuando Celia intervenía dando algún detalle al relato de su amiga o aclarando algo si Gretta no lograba explicarse bien.

Una vez Miss Wells estuvo al corriente, Ada tomó la palabra y se dirigió a la profesora de Inglés.

—Mi idea es que tú, que tienes allí un buen amigo, le pidas el favor de parte de las chicas, para que se acerque hasta la tienda y pueda comprar la pluma —propuso Ada.

Luego se dirigió a las chicas.

—¿Os acordáis de James? —Ada preguntó a Gretta y Celia—. Es el amigo de Miss Wells que nos vino a buscar al aeropuerto de Londres y nos llevó amablemente hasta el castillo Birstone. También nos llevaba, en el autobús de dos pisos, a todas las salidas culturales. Pero por encima de todo, James es un gran amigo de la familia Wells, tal y como él me contó, y ¡es muy generoso! Estoy segura de que nos haría el gran favor.

—¿Podría ir James a la tienda de Londres y, tras hacer las averiguaciones, enviar el regalo por correo? —preguntó Gretta entre tímida y esperanzada.

—Eso solo se lo puede preguntar Miss Wells. —Ada la miró suplicante.

—*Ok, ok. Trust me!* —dijo Miss Wells.

La profesora se comprometió a llamar a su amigo en Londres esa misma tarde pues comprendía que el cumpleaños era dentro de nada y no había tiempo que perder.

Además, estaba prácticamente segura de que James estaría encantado de hacer el favor a esas chicas que tanto demostraban entender el significado de la palabra amistad.

Gretta y Celia dieron saltos de alegría, abrazadas la una a la otra.

—Bueno, ahora calmaos un poco, y explicarnos con todo detalle cómo es esa pluma para que así James pueda comprarla y enviarla, una vez sepamos el precio, claro —propuso Ada.

Celia contó con todo lujo de detalles la forma y los colores de la pluma, y en qué parte de la tienda la habían visto. La chica se esforzaba en ser precisa. No quería que, después de todo el esfuerzo, James se confundiera de pluma y enviara otra diferente.

—Pues, genial, has explicado muy bien cómo es la pluma. —Ada miró su reloj—. Ahora deberíamos empezar a pensar en irnos a casa, ¿no os parece?

—Hasta mañana y muchísimas gracias —dijo Celia profundamente emocionada.

Cuando las dos amigas se despidieron de Miss Wells y de Ada se sintieron afortunadas de tener esas profesoras tan comprensivas y cercanas.

Por el camino, las dos amigas no paraban de hablar del cumpleaños de Blanca. Envolverían la pluma en un precioso papel decorado con letras chulas. ¡Iba a ser una gran sorpresa!

También comenzaron a pensar en la fiesta, ahora que el problema del regalo lo tenían casi solucionado, podían empezar a pensar en lo que harían después de comer la tarta y de que la chica soplara las velas. Debería ser algo original.

Pero, de pronto, Celia enmudeció, bajó la mirada al suelo y apretó los labios. Gretta supo que su amiga estaba preocupada.

—Si te soy sincera, Gretta, hay algo que me preocupa mucho —se sinceró Celia.

—¿De qué se trata? La suerte está de nuestro lado: James comprará la pluma y la enviará a España —dijo Gretta que no entendía la nueva preocupación de Celia.

—No sé si vamos a tener dinero para pagar una antigüedad. Ya has oído a Ada: las cosas antiguas son tan caras porque son únicas en el mundo —recordó Celia.

—Ya, bueno, pero igual no es tan tan cara. Igual es antigua pero no mucho. —Gretta quiso ser optimista.

—Eso espero porque después de la que hemos montado... —Celia estaba muy intranquila.

—¡¡¡Idea!!! —chilló Gretta en mitad de la calle—. ¿Y si les explicamos todo a sus padres y participan ellos también en el regalo? ¿No te parece que sería un precioso recuerdo tener algo que te regalan tus mejores amigas y tus padres? ¡A mí me encantaría!

—¿Te refieres a un regalo conjunto? —Celia levantó la mirada del suelo—. ¡Sí, es una gran idea! De esta manera seguro que podemos pagar la antigüedad.

En ese momento pasaron por delante de la puerta de la academia de dibujo «Los Lienzos» donde estaba el cuadro de Gretta. Lo había logrado acabar el viernes y seguro que la pintura ya estaría seca.

Lila, que estaba en la puerta, saludó a la chica.

—¡Hola, Gretta! —La profesora de dibujo movió la mano—. Si quieres llevarte tu cuadro está listo para ser expuesto.

—¿En serio? ¡Qué bien! —Gretta abrió los ojos como platos—. Hoy debe ser mi día de suerte.

Celia y Gretta se despidieron en ese punto del camino hasta el día siguiente, que se verían en el colegio.

Capítulo 15
Estrellas sobre la chimenea

Gretta entró en la academia de dibujo. El olor a los barnices y a las pinturas contrastaba con el aire otoñal de la calle. Quiso comprobar que realmente la pintura se había secado pasando un dedo por el dibujo. Cuando se lo miró, vio que, efectivamente, no había rastro de pintura: el cuadro estaba listo.

Lila le ayudó a envolverlo en papel para protegerlo.

—¡Estoy segura de que les va a encantar! —afirmó Lila pegando un trozo de celo en una esquina del papel—. Te ha quedado precioso. Esas estrellas, ¡parecen casi de verdad!

—Gracias, Lila. —Gretta se sonrojó un poco por el halago.

La chica cogió el cuadro y se fue muy contenta de la academia. Iba a ser una gran sorpresa para sus padres.

Cuando entró en su casa, saludó a su hermano que estaba en la cocina haciendo los deberes mientras merendaba y rápidamente se dirigió hasta el salón.

—¡Hola, Luis! —dijo muy rápido Gretta.

—¡Hola! —respondió el chico—. Qué prisas traes. ¿No vas a merendar?

Pero Gretta ya no escuchaba a su hermano, pues estaba yendo hacia el salón, donde colocaría el cuadro, sobre la chimenea, tal y como había sugerido su madre. Para hacerle sitio al cuadro, tuvo que quitar varios adornos de la repisa: un pájaro de porcelana, un jarrón del que colgaba una flor algo mustia que parecía triste, un marco de fotos y una cajita de color verde. Luego, con cuidado, colocó su maravillosa obra de arte. Era realmente precioso y no le faltaba detalle. Había conseguido pintar las hojas correctamente y aquel grupo de cinco estrellas en el cielo de la noche parecían tan reales como si brillaran de verdad sobre la chimenea.

El ruido de las llaves en la puerta alertó a la chica de que sus padres acababan de llegar. Dio un último vistazo al cuadro y corrió a darles un abrazo.

—¡Papá!, ¡mamá!, ¡tengo una sorpresa para vosotros! —dijo la chica llena de alegría—. Venid conmigo al salón.

—Ya voy, ya voy —dijo Matilde un poco abrumada por el entusiasmo de su hija—. Pero antes, permíteme que deje el bolso.

—Pero cerrad los ojos y no los abráis hasta que yo os lo diga, ¿vale? —continuó diciendo Gretta.

—Uy, ¡qué bien! Me encantan las sorpresas —dijo Juan que se había tapado los ojos con la mano y caminaba tambaleándose hacia el salón.

Gretta estaba muy impaciente.

—Una, dos y tres, ¡ya! Abrid los ojos —les pidió la chica.

—¡¡¡Ohhh, qué preciosidad!!! —exclamó Matilde cuando vio el cuadro del castillo Bristone que había pintado su hija.

—Es maravilloso, Gretta —la alabó su padre—. Por cierto, esas estrellas, ¡son tan reales!

—Sí, eso mismo me ha dicho Lila. Incluso me felicitó por el efecto que había conseguido —confesó orgullosa Gretta.

El padre de Gretta sabía mucho de estrellas, pues era muy aficionado a la astronomía y tenía una colección de mapas del cielo.

—Ese grupo de estrellas forman lo que se llama una constelación. Cada constelación tiene un nombre, ¿sabes cómo se llama la que tú has dibujado? —le preguntó Juan.

—¿Una qué? —dijo la chica intrigada con aquella palabra.

—Una constelación —repitió su padre un poco más despacio.

—No, ni idea. Para mí son las cinco estrellas que veía desde la cama del castillo Birstone y nos representan a mis amigas y a mí, que también somos cinco —aseguró la chica.

El padre de Gretta se dirigió hacia la estantería donde tenía un montón de libros y algunos archivadores. Después de pasar un buen rato mirando, sacó una especie de círculo donde estaban representadas muchas estrellas.

—Ajá, aquí está —dijo dándole vueltas al círculo de cartón que había sacado de entre un montón de papeles—. Verás, una constelación es un conjunto de estrellas que se agrupan y forman una figura.

—Mis cinco estrellas forman una «W». —Gretta se había acercado hasta su padre.

—Mira, por ejemplo, esta constelación de aquí. —Juan señaló con el dedo en el mapa—. Si unes sus estrellas te saldría la figura de un carro, más o menos. Su nombre es Osa Mayor.

—Qué chulada, ¡me encanta! —Gretta se entusiasmó al pensar que el cielo estaba lleno de dibujos y quiso descubrir otras figuras.

—O esta otra en forma de cruz —continuó el padre de la chica—. Déjame buscar cómo se llama la que tú has dibujado en el cuadro.

—¡Eso dime cómo se llama la constelación de la «W»! —Gretta estaba feliz, nunca se hubiera imaginado que el cielo fuera tan divertido.

—Aquí está. Es la constelación de Casiopea. —Juan señaló cada una de ellas y luego miró a su hija—. ¿Te gustaría que fuéramos un día a ver esta constelación?

—¡¡¡Síííí! —Gretta estaba emocionada con la idea.

—Perfecto, pues rescataré el telescopio del trastero, lo pondré a punto y planearemos una noche para ver las estrellas —dijo al tiempo que consultaba su agenda del móvil—. A ver, a ver… dame un minuto que compruebe una cosa… pues mira, sería perfecto si pudiéramos ir el cinco de octubre. Aquí dice que es un buen momento para observar esta constelación.

—Vaya… —Gretta se preocupó un poco—. ¿Y no podría ser otro día? Es que ese día es el cumpleaños de Blanca.

—Bueno, no veo cuál es el problema. Tus amigas pueden venir también. No te preocupes, cariño, yo lo organizaré con el resto de padres. Siempre estamos diciendo de hacer una excursión todas las familias y esta va a ser la ocasión perfecta —aseguró el padre de Gretta mientras buscaba en el móvil los números de teléfono de los demás padres.

—¡¡¡Me acabas de dar una idea estupenda para el cumpleaños de Blanca!!! —exclamó Gretta llena de entusiasmo.

—Ummm, bueno, pues me alegro un montón, pero… ¿qué idea has tenido? —Juan no entendía qué tenía que ver el cumpleaños con ir a ver las estrellas, salvo que sería el mismo día.

—Pues eso: ir a ver las estrellas. ¿Se te ocurre una forma más original de celebrar un cumpleaños? A Blanca le va a encantar, estoy segurísima. Además estábamos pensando en algo chulo y no se nos ocurría nada, así que esto será genial —explicó Gretta.

—Pues, ya sabes, si el resto de padres accede a la excursión-cumpleaños, yo lo organizo todo. Incluso podemos llevar algo de picoteo y poner una tienda de campaña con las cosas —propuso Juan.

—¡¡¡Bien!!! —Gretta estaba que no se lo creía—. ¡Muchas gracias, papá! Será un cumpleaños muy original y será mágico poder ver todas juntas las estrellas… Tal vez, cada una podamos elegir la nuestra.

Capítulo 16
Buenas noticias

A la mañana siguiente, la luz que entraba en la habitación de Gretta tenía un color gris, algo triste, y la chica temió que el día fuera también algo gris. El día anterior había sido un día tan redondo que temía que algo se estropeara.

Gretta salió al balcón de su habitación y vio el cielo lleno de nubes a la vez que sentía algo de fresco. Se notaba que el verano quedaba atrás.

Después de desayunar, cogió una cazadora vaquera de su armario, se puso la mochila a los hombros y se fue al colegio. El camino no era largo pero prefería abrigarse un poco con su cazadora preferida. Iba bastante ilusionada, pues tenía muchas ganas de contarles a sus amigas la gran idea de ir a ver las estrellas por el cumpleaños de Blanca.

Una gota de lluvia cayó sobre su nariz. La chica trató de mirarla bizqueando los ojos.

De pronto, escuchó que alguien se reía. Era Olivia y, seguramente, se reía de la cara que Gretta había puesto.

—¡¡¡Hola, Olivia!!! —Gretta la saludó tratando de ser amable. Ella creía que su ex compañera de habitación en Londres había comenzado a ser «normal», aunque a veces aún tenía alguna cosa rara.

—Hola —respondió Olivia sin mostrar mucho interés.

—¿Vas hacia el colegio? —Gretta continuó intentando ser simpática—. Podíamos ir juntas, si te parece.

—Claro que voy hacia el colegio... —dijo Olivia moviendo hacia adelante un hombro en señal de indiferencia.

Gretta se puso a su lado y caminaron un rato en silencio.

La lluvia era suave y tan apenas les mojaba. Aun así Olivia se tapó la cabeza con la carpeta, seguramente para que no se le estropeara el peinado. Gretta la miró y reparó en el pelo de la chica, lleno de unas preciosas pinzas.

—Por cierto, me encanta tu peinado. Esas pinzas que llevas ¿dónde las has comprado? —se interesó Gretta.

Olivia se acercó aún más la carpeta a la cabeza, como queriendo proteger sus preciadas pinzas.

Luego, con la otra mano, se colocó un mechón de pelo, mientras estiraba mucho el cuello para que se viera mejor su peinado.

—Uy, me las trajo mi madre hace dos semanas, cuando volvió de su estupendo viaje a Nueva York. —A Olivia le encantaba que le tuvieran envidia—. Pero no te molestes en buscarlas porque aquí no las venden.

—Vaya, pues es una pena que no las vendan aquí, son preciosas —Gretta sonrió de manera algo forzada.

El resto del trayecto lo hicieron en silencio y tan solo se oía el repiqueteo de las gotas de lluvia sobre la carpeta de Olivia.

—Mira ya hemos llegado —dijo Gretta—. ¡Hasta luego, Olivia!

Olivia ni siquiera le contestó, tan solo levantó un poco la barbilla en señal de despedida.

La mañana en clase transcurrió sin novedades, hasta que llegó la hora del recreo. Tras escuchar el timbre, todos los alumnos salieron al patio y las cinco amigas se sentaron en su banco favorito dispuestas a tomarse el almuerzo.

Gretta ya les había contado por la mañana, nada más llegar, la increíble idea de ir a ver las estrellas en el cumpleaños de Blanca y todas estaban muy ilusionadas. Aprovecharían el recreo para hablar de eso.

A Gretta no le había dado tiempo de sacar su bocadillo cuando por los altavoces se escuchó su nombre. La voz de Dorotea, la portera del colegio, a la que todos llamaban la Guardiana de las llaves, se escuchaba como un estruendo, amplificada. A la chica le dio algo de corte que su nombre sonara por todo el recreo y se quedó estupefacta pues no sabía porqué la llamaban.

—¡Gretta Masan acude a recepción! ¡Gretta Masan! — chillaba Dorotea con más fuerza, llenando el recreo con el nombre de la chica.

Las amigas se quedaron bastante sorprendidas. ¿De qué se trataba? ¿Por qué llamaban a su amiga? Normalmente esas llamadas no eran por nada bueno…

Gretta, un poco alarmada, puso rumbo a recepción.

—¡Ahora vuelvo y seguimos hablando del cumple! — les dijo ya desde lejos a sus amigas—. ¡Espero acabar pronto!

Gretta no se imaginaba quién la estaba esperando en recepción. Pero desde luego no era nada malo ni alarmante.

Allí, en recepción, Miss Wells permanecía sentada en una de las butacas y solo se levantó cuando Gretta abrió la puerta. La chica, al ver a la profesora, no supo qué pensar, ¿querría Miss Wells decirle algo importante? ¿Sería sobre el regalo para Blanca?

—*Good morning* —dijo Gretta sin dejar de mirar cualquier gesto en la cara de la de Inglés que delatara el motivo de la cita.

—*Good morning, Gretta. Have a seat, please.* —Miss Wells le indicó que tomara asiento con un suave movimiento de mano.

Cuando Gretta se sentó, la profesora se le acercó y, tras mirar a ambos lados, para comprobar que no había nadie, le habló en voz baja.

—*Good news.* —Los ojos azules de Miss Wells se abrieron más de lo normal y sus cejas rubias se arquearon.

Gretta dio un brinco de alegría en el asiento, pues imaginó que las buenas noticias eran relativas al regalo de Blanca. Sí, estaba segura de que Miss Wells había logrado hablar con James y de que este estaría ya de camino a la tienda de antigüedades.

Efectivamente eso fue lo que le contó la amable profesora. James no había puesto ninguna pega en ir a la tienda para adquirir la pluma. ¡Estaba encantado de servir de ayuda en tan bonito gesto! Además, tenía un amigo que trabajaba en la oficina de correos y le había dicho que haría todo lo posible para que ese paquete tan importante llegara a tiempo.

Gretta estaba tan contenta que no se lo creía: ¡el plan había funcionado! En cuanto Blanca no se diera cuenta se lo contaría a las demás.

Gretta salió de recepción y se comió a toda prisa el bocadillo pues el recreo había finalizado y ya todos los alumnos subían las escaleras camino a clase. Todos menos Blanca que estaba hablando con Ada. La profesora de pelo rojo le estaba entregando algo mientras la felicitaba por su excelente redacción.

La chica, desde lejos, trató de ver qué era lo que Ada le estaba entregando: ¡un ejemplar de la revista del campamento!

Gretta, tratando de que Blanca no se diera cuenta de su presencia, aceleró el paso. Si se daba prisa tenía un par de minutos para contarles a Celia, María y Paula que el regalo de cumpleaños ¡ya estaba en camino!

—Ahora lo que tenemos que hacer es reunir el dinero para dárselo a Miss Wells y ella se lo hará llegar a James —les dijo después de explicarles todo lo demás.

—Yo he querido ganar tiempo y os confieso que ayer hablé con la madre de Blanca y se lo expliqué todo — confesó Celia que había actuado por su cuenta.

—Ah, yo pensaba que habíamos quedado en decirlo una vez supiéramos que existía una manera de conseguir la pluma —dijo Paula un poco confundida.

—Sí, sí, y así lo acordamos, pero… no podía estar tranquila y hablé con la madre de Blanca —explicó Celia—. Y me dijo que no nos preocupáramos por el dinero que ellos participarían en el regalo. Blanca le había hablado un montón de veces de esa antigüedad.

—¡Fantástico! —exclamó Gretta—. Ahora crucemos los dedos para que el regalo de Blanca llegue a tiempo. El cumpleaños es este sábado ¡y estamos a martes!

—Uff, ¿cuánto puede tardar un paquete desde Londres? —preguntó Paula, pero la pregunta se quedó flotando por el aire, porque nadie tenía la respuesta.

—Miss Wells me ha dicho que James tiene un amigo que trabaja en la oficina de correos. Van a hacer todo lo posible para que llegue a tiempo —aclaró Gretta intentando tranquilizar a sus amigas.

—Qué majo, James, ¿no os parece? Gracias a él hemos conseguido el regalo perfecto para Blanca —dijo Celia.

—Por cierto, cambiemos de tema, que Blanca viene por ahí —susurró María bajando la mirada para disimular.

—¡Chicas! Mirad lo que traigo. —Blanca se colocó en el centro del grupo y abrió la revista del campamento.

Blanca lo había dicho tan alto que un montón de alumnos, incluidas «las brujas» se arremolinaron alrededor de la publicación. Bien grande, se veía una fotografía de las cinco amigas sujetando el trofeo de la yincana.

Tan solo Isabella y Camila se dieron cuenta de la mueca de fastidio que puso Olivia al ver esa fotografía y pensar en su *selfie*.

Solo esperaba que esa revista jamás la viera su compañera de correspondencia francesa.

—Vámonos de aquí —les dijo Olivia a sus amigas—. No quiero ver más esa foto con el trofeo.

Isabella y Camila se giraron bruscamente para seguir los pasos de Olivia que se alejaba de la revista y del grupo de amigas.

—Tranquila —se atrevió a decirle Camila—, no creo que envíen una revista en la carta a Francia.

—Bueno, no hace falta que envíen toda la revista, podrían recortar la fotografía. Al fin y al cabo, Mademoiselle Juliette dijo algo sobre los premios y esas cosas —recordó Isabella.

—¡Ni lo digas! —Olivia miró fijamente a Isabella mientras las aletas de su nariz se abrían de furia—. Eso no va a suceder. Yo voy a ser la más admirada del colegio de Rennes y punto.

Capítulo 17
Doña Clocota y sus cosas

Ese mismo día, por la tarde, después de dejar las mochilas en sus casas y como no tenían deberes, salvo redactar la carta de francés, (pero era para el jueves y algunas ya la habían escrito), las cinco amigas se fueron a la casa del árbol.

Justo cuando estaban al pie del árbol, dispuestas a subir, doña Clocota se acercó hasta ellas, alborotada. La mujer llevaba la correa de su perro en una mano y con la otra se sujetaba la falda para no tropezar en su carrera hacia las chicas.

—¡Ay, mis niñas!, ¡ay, mis niñas! —repetía casi sin aire y bastante sofocada—. Hoy venís todas juntas, ¿eh?

Doña Clocota se recuperaba poco a poco de la carrera desde su jardín.

En cuanto vio a las chicas a través de su ventana, cogió la correa del perro (pensando que llevaba también al perro), y salió disparada como un cohete en dirección al jardín de María. A veces le pasaban estas cosas, sacaba a pasear al perro ¡sin perro!, y a mitad de camino caía en la cuenta de que estaba arrastrando solamente la correa.

—Bueno... sí, hoy estamos todas —dijo Gretta un poco apurada pensando en el día que Blanca había faltado porque era una reunión secreta.

—Bueno, hasta luego doña Clocota —le dijo Celia que quería quitársela de en medio pues, al igual que Gretta, temía que dijera algo del día de la reunión secreta.

—Ah, no, no, no. —Doña Clocota se puso muy digna—. Yo no me he hecho los cien metros a toda prisa para que me despachéis así.

La mujer levantó la barbilla y tras estirarse la blusa, pasó a colocarse bien la larga falda negra de pingüino. Luego, se acercó un poco más a las chicas.

—Alguien ha entrado en vuestra casa del árbol cuando vosotras no estabais... —La mujer entrecerró los ojos y curvó las cejas dando a su mensaje un tono misterioso—. Fue el viernes pasado.

—Bueno, no se preocupe tanto. —Celia tragó saliva antes de continuar—. Son cosas que pasan, supongo.

Blanca no entendía por qué sus amigas se tomaban tan a la ligera esa información. El viernes ella no había estado y no sabía que sus amigas sí.

—No creo que os robaran nada, si os digo la verdad. La persona que entró se dedicó a hacer fotografías. —La mujer empezaba a actuar como una auténtica detective—. Eso deduje al ver multitud de *flashes*. Unos veinte conté. ¡Ja! ¡Qué barbaridad! Eso parecían las ferias de mi pueblo con sus fuegos artificiales.

—Pero... —Blanca miró a sus amigas que trataban de disimular y que estaban deseando que doña Clocota dejara ya el tema—. ¿Quién era?

Gretta estiró del brazo de Blanca, pues vio peligrar la pasada reunión secreta. Pero Blanca se retiró de Gretta con firmeza, quería escuchar hasta el final.

—Pues... no me gusta dar nombres... —dijo parpadeando varias veces doña Clocota con sus largas pestañas de ave—, eso sería entrar en cotilleos y yo, como sabéis, no me dedico a eso.

—Entonces, ¿sabe el nombre? —preguntó Blanca con la intención de descubrir quién era la persona que, según la mujer, se había atrevido a entrar en la casa del árbol.

—Solo os diré que era una persona, una única persona. Ni dos, ni tres, ni cuatro, solo una y... podría afirmar sin equivocarme que es de vuestra edad. —Miró fijamente al resto de las amigas.

—¿En serio? —Gretta se alarmó, parecía que aquello no iba de la reunión secreta que habían tenido, pues ellas eran cuatro.

—Yo que vosotras permanecería alerta —les aconsejó doña Clocota hinchándose de orgullo—. Y, ahora, con vuestro permiso, debo seguir con mis cosas.

Doña Clocota se alejó murmurando algo. La mujer seguía llevando la correa de Dug en la mano. Al estirar de la correa y darse cuenta de que no había perro, se llevó la mano a la boca y, con cierta vergüenza, miró hacia todos los lados para ver si alguien más la había visto hacer el ridículo de esa manera.

Por muy chiflado que estuviera el barrio, como ella misma afirmaba, aún era más loco pasear un perro sin perro, ¡un perro de aire!

—Esta mujer está fatal, ¿no? —dijo Paula que no se creía una palabra de lo que había escuchado.

—Pues eso parece, sí, no me creo nada de lo que dice. Venga, subamos a la casa del árbol —propuso Celia—. ¿Vemos la revista del campamento?

Capítulo 18
¿Y esto?

Una vez arriba, Gretta quiso comprobar que todo estaba en orden. Tal vez doña Clocota tuviera razón y no estuviera tan chiflada como parecía. Sin embargo, después de mucho mirar, Gretta vio que todo permanecía igual que siempre y se relajó.

—Mirad, es la revista del campamento. Ada me la ha dado hoy —dijo Blanca mientras les mostraba la publicación.

Las chicas se acomodaron en los cojines, dispuestas a disfrutar de la revista.

Mientras pasaban las hojas y miraban las fotografías, revivieron aquellos maravillosos días en los que habían visitado el London Eye, el Picadilly Circus, el circo de marionetas y otros lugares interesantes.

También recordaron, con gran satisfacción, cómo habían descubierto la leyenda del castillo Birstone y el premio que les habían dado al ganar la yincana.

El ruido de las hojas de la revista se intercalaba con exclamaciones de admiración.

—¡Mira esta foto! Es la primera que nos hicimos en el aeropuerto, mientras esperábamos las maletas —dijo María emocionada—. Qué larga se me hizo la espera, tardaron un buen rato en salir mientras la cinta daba vueltas y vueltas.

De vez en cuando, las chicas recordaban alguna anécdota.

—¿Os acordáis cuando Paula pegó en el techo la plastilina fluorescente y luego no la podía despegar? —dijo Gretta medio riendo al recordar a su amiga dando tremendos saltos para tocar el techo, sin conseguirlo.

Todo eran buenos recuerdos del campamento y, al mirar la revista, sentían nostalgia de esos días pasados. No les importaría nada volver al verano siguiente. Cuando terminaron de verla, la guardaron en el baúl.

Fue entonces cuando María quiso que Blanca viera la vitrina donde estaba guardado el trofeo.

—Por cierto, tengo un sorpresa. —María llevó de la mano a Blanca hasta donde permanecía la vitrina tapada con una tela, y las demás las siguieron.

—Uy, qué misterio. ¿Qué es esto tan tapado? —Sonrió Blanca abiertamente pues la chica ya había superado su complejo por los *brackets*.

—¡Tacháááannn! —María tiró de la tela y dejó al descubierto la vitrina.

—¡Hala! ¡Qué bien ha quedado! —Blanca se acercó hasta el cristal de la vitrina—. ¿Puedo sacar el trofeo?

—¡Claro! Es de todas, cógelo. —María le abrió la puerta de cristal y la animó a que cogiera la copa.

Blanca, muy emocionada, sacó el trofeo. Lo levantó a la altura de sus ojos y contempló la inscripción de los cinco nombres en la base.

—¡Es tan bonita! —dijo Blanca sosteniéndola en el aire —, ¡somos unas campeonas!

—¡Sííí!—dijeron las demás.

Fue al bajar el trofeo cuando Blanca le dio la vuelta sin querer y quedó boca abajo, dejando caer de su interior ¡¡¡una pinza de pelo!!!!

Celia se agachó a recogerla y pronto se la ofreció a Blanca.

—Toma, se te ha debido de caer. —Celia le tendió la pinza.

—No, no es mía. —Blanca la miró detenidamente—. ¿A quién se le ha caído una pinza del pelo? Qué bonita es.

—Yo nunca las uso, ya sabes, yo me hago una coleta casi todos los días, paso de pinzas —dijo Paula—. ¿Es tuya, María?

—A ver… pues no, no me suena de nada —dijo María que enseguida se la ofreció a Gretta—. Toma, Gretta, igual es tuya.

Gretta cogió la pinza. Era pequeña y, en su mano, parecía una arañita de nácar.

—¡¡¿Y esto?!!! —exclamó Gretta que se había quedado blanca del susto—. ¡¿Cómo ha llegado esta pinza aquí?!

—Uy, hija, cómo te pones. Pues digo yo que se te habrá caído. Vamos, a ti o a alguna de nosotras, porque nadie más pisa este lugar —respondió María.

—Yo no estaría tan segura de que nadie más haya pisado este lugar. —Gretta estaba muy seria y miraba fijamente a sus amigas—. Creo que doña Clocota no está tan chiflada como parece. Esta pinza es de Olivia, os lo puedo asegurar.

—¿¡¡¡¡Cómo!!!!? —María se llevó una mano hasta la boca. No podía creerse lo que escuchaba. Si esa pinza era de Olivia solo podía significar que había estado allí.

—Esta pinza ha debido caer cuando Blanca ha dado la vuelta al trofeo. Estaba dentro. No puede ser que lleve ahí desde el campamento porque, según me ha dicho la propia Olivia esta mañana, se la trajo su madre de Nueva York hace dos semanas… —les informó Gretta.

—¿¿¿En serio??? —preguntó Paula muy alarmada.

—Sí, totalmente en serio. Esta claro: Olivia vino hasta aquí y tuvo el trofeo en sus manos, de otra manera no hubiera podido caer la pinza dentro —Gretta dedujo con rapidez—. Me temo que doña Clocota tenía razón: ya sabemos quién vino a la casa del árbol.

—La misma doña Clocota dijo que era una persona de nuestra edad... —Blanca hablaba como para sí.

—Pero, es muy raro... ¿para qué vino? —dijo Celia mientras caminaba de un lado a otro de la casa del árbol dando pasos cortos.

—Recordad las palabras de doña Clocota: «no creo que os robaran nada, si os digo la verdad. La persona que entró se dedicó a hacer fotografías» —dijo Blanca que recordaba las palabras de la mujer con exactitud.

—Ummm, ya entiendo: fotos con el trofeo. —María había encajado las dos piezas del rompecabezas—. ¡Qué fuerte!

—Olivia quería hacerse fotos con nuestro trofeo, eso está claro. Y las quería para hacer creer a alguien que ella lo ganó —dijo Gretta muy convencida—. Ahora deberíamos averiguar ¿a quién quiere engañar?

—Pero, eso que dices es absurdo. Todo el colegio sabe que nosotras ganamos el trofeo en la yincana. —Blanca abrió la revista—. Y, si no lo sabe todo el colegio se va a enterar en cuanto vean la revista.

—Tal vez no quiera engañar a nadie del colegio, sino a una persona de fuera —Gretta continuó con sus estupendas deducciones—. Una persona de lejos.

—¡Lo tengo! —Paula chasqueó sus dedos—. ¡Qué fuerte! ¿Os acordáis de lo que le preguntó a Mademoiselle Juliette cuando ya había terminado la clase de Francés?

—Pues, si te digo la verdad, yo no estaba prestando mucha atención —reconoció Blanca que en ese momento tenía otras cosas en la cabeza—. Dinos, ¿qué preguntó?

—¡Si podía enviar una foto en la carta a Francia! —les informó Paula.

—¡Tremendo! —Blanca se llevó las manos a la cabeza, no salía de su asombro.

—Chicas, tenemos que evitar a toda costa que esa carta llegue a su destino —afirmó Celia que estaba dispuesta a todo—. No podemos permitir que engañe de esa manera a una desconocida.

Capítulo 19
Una patita inocente

La casa del árbol era el refugio de las cinco amigas. Allí, además de juegos y confidencias, tenían un lugar mágico donde reunirse para buscar buenas ideas. Y ahora que debían tomar una importante decisión sobre qué hacer para que la carta de Olivia no viajara hasta Francia, estaban en el lugar correcto.

Gretta cogió la pizarra que estaba apoyada en una de las paredes y sacó del baúl las tizas de colores. Como siempre que tenían que buscar una solución, cada una de ellas propondría una idea y Gretta la dibujaría. Eso era algo que le encantaba y les ayudaba a pensar.

Esta vez fue Blanca la que empezó con su idea.

—Lo mejor sería hablar con Olivia. Decirle que la hemos descubierto y que no nos parece bien que engañe a la gente, ¿no os parece? —propuso Blanca.

Gretta cogió una tiza y, tras limpiar bien la superficie de la pizarra con un trapo, dibujó a las cinco amigas hablando con Olivia, en actitud comprensiva.

—¿Crees que le va a importar? —Paula no tardó en opinar, conocía muy bien a su compañera de clase—. Olivia no respeta a nadie. Te recuerdo que ha entrado aquí como si tal cosa, sin importarle lo más mínimo que sea nuestra casa del árbol.

—Desde luego, sería estupendo poder hacer las cosas como sugieres, Blanca —dijo Gretta—, pero me temo que Olivia no entrará en razón por mucho que le digamos.

—Propongo cogerle la carta —dijo Paula que estaba dispuesta a todo—. Yo me encargaría de hacerlo. Por desgracia somos compañeras y, en más de una ocasión, ha invadido mi mesa con sus cosas. Quizás en uno de sus descuidos… la carta cambie de carpeta «accidentalmente».

—Mira que no me gustaría tener que llegar a eso. —Gretta sabía que coger cosas de otros no estaba bien.

La chica dibujó un sobre y una mano que lo sacaba de una carpeta, para guardarla en otra.

—Yo iría directamente a hablar con Mademoiselle Juliette —propuso Celia—. Le podríamos explicar todo lo sucedido, seguro que no le permitiría enviar la carta. Yo creo que es la mejor solución, la más efectiva, porque será la profesora la que actúe.

—Lo malo de esa opción es que tampoco estamos seguras al cien por cien de que haya metido la foto en la carta. —Gretta frunció los labios y dibujó a las chicas hablando con la profesora de Francés que representó mediante una Torre Eiffel con ojos y boina —. Imagínate que acusamos a Olivia de haber metido la foto en el sobre, se lo decimos a la profesora y esta decide abrirla pero, al hacerlo, descubre que la foto no está. Sería horrible para nosotras.

—Mi idea es un poco más laboriosa y nos llevaría más tiempo llevarla a cabo. —María quiso aportar alguna solución nueva—. Podríamos hacer algo para que se diera cuenta de que no puede enviar la carta así.

—Y eso, ¿cómo lo haríamos? —preguntó Gretta.

—Pues sencillamente haciéndole creer que una de nosotras, por ejemplo Paula, va a enviar la foto con el trofeo que sale en la revista del campamento a su compañera de correspondencia —afirmó María—. De esta manera ella no se atrevería a enviar la falsa foto porque quedaría ante toda la clase del colegio de Rennes como una mentirosa. Vamos, sería tonta si lo hiciera.

Gretta dibujó a Paula con la revista en la mano hablando con Olivia.

—Supongo que soy la última en proponer una idea —dijo Gretta rascándose la cabeza mientras pensaba—. Ummm, ¿y si le hacemos confesar su engaño?

—Eso me parece poco realista, Gretta. —Paula no apostaba ni un céntimo por esa opción—. Olivia nunca reconoce sus errores, es bastante inmadura en ese aspecto.

—A lo mejor si empiezo diciéndole que doña Clocota vio a alguien entrar en la casa del árbol y luego le enseño la pinza que encontramos dentro del trofeo, se siente «pillada» y confiesa...—se le ocurrió a Gretta.

Las chicas estuvieron un rato pensando qué hacer. Ante ellas tenían cinco soluciones y cada una defendía su propuesta como la mejor.

—Bueno, pues como no nos ponemos de acuerdo en cuál es la mejor opción, habrá que echarlo a suertes — dijo Gretta.

La chica cogió una hoja de papel y un bolígrafo. Hizo cinco trozos y escribió, en cada uno de ellos, el nombre de cada solución:

Solución 1: hablar con Olivia.

Solución 2: quitarle la carta.

Solución 3: hablar con Mademoiselle Juliette.

Solución 4: hacerle creer que Paula enviaría la foto de la revista.

Solución 5: hacer que confiese ella misma.

Luego dobló por la mitad los cinco papeles y se los mostró a las demás.

—Ahora necesitamos una mano inocente que escoja un papel —anunció Gretta—, pero, ¿quién de nosotras?

—Debería ser alguien externo a todo esto, alguien imparcial —propuso Blanca.

Un miauuu se escuchó procedente de la entrada de la casa del árbol. Era Glum, el gato de María, que parecía pedir permiso para entrar con las chicas.

—Ven aquí, bonito. —María abrió los brazos y animó a su gato a acercarse—. ¿Os importa que en vez de una mano inocente sea una patita inocente?

—¡Genial! —exclamó Paula—. Vamos gatito coge el papel donde está escrita la solución que yo propongo, ja, ja, ja.

—Ey, no vale influir en sus decisiones ja, ja, ja —bromeó María—. No le hagas ni caso, querido Glum.

Gretta colocó los papeles en el suelo para que el gato lo tuviera más fácil. De esta manera solo debería estirar su patita y tocar uno de ellos. Ese sería el papel elegido.

—Os recuerdo que no vale que nadie se enfade si sale una solución que no es de su agrado —Gretta levantó el dedo índice advirtiendo—, ya no somos pequeñas para estar con piques.

—Glum, es tu turno —María cogió al gato y lo puso junto a los cinco papeles—, ahora coge un papel.

Glum se dio media vuelta, parecía que no quería saber nada de aquello.

—Si coges un papelito de ahí, te voy a dar una chuche. —María sabía cómo tratar a su gato, que era muy listo.

Glum ronroneó, perezoso, y se colocó junto a los papeles. Sentado sobre las patas traseras, enroscó su cola a través de su cuerpo como dándole suspense a la elección del papel.

—Muy bien, Glum. —María señaló varias veces los papeles.

El gato miró hacia otro sitio, y estiró una de sus patas delanteras que puso sobre un papel.

Las chicas aplaudieron al gato, ¡bravo, Glum!

María acarició a su gato y se lo puso en el regazo. Luego, leyó el resultado, ¿qué era lo que las chicas iban a hacer para que la carta de Olivia no llegara a Francia?

—Solución 2: quitarle la carta —dijo muy seria María—. Desde luego no es la solución más correcta, pero es la que ha tocado.

—Os aseguro que es la más efectiva —dijo Paula satisfecha de que hubiera salido su idea—, dejadlo en mis manos.

Capítulo 20
Las mentiras no viajan

A primera hora del jueves, Olivia estaba frente a su taquilla cogiendo los libros para las siguientes clases: Lengua y Francés. Se le veía muy contenta y sus amigas no paraban de reírse de cada tontería que la chica comentaba, como si la admiraran secretamente por algo.

Oliva estaba que explotaba de entusiasmo, pues había llegado el día en el que su falsa fama de deportista ganadora de trofeos comenzaría a viajar directa a Francia.

Mientras tanto, Paula llevaba un buen rato sentada en su pupitre, esperando que llegara su compañera. Tenía una misión que llevar a cabo. Hoy no le iba a dar ningún empujoncito cuando invadiera su mesa, le interesaba que pusiera cerca la carpeta de Francés.

«Las brujas» entraron en clase, gesticulando y hablando a voz en grito como si solo existieran ellas en el mundo.

En cuanto Gretta las vio, le hizo una señal a Paula con el pulgar hacia arriba, indicándole que había llegado el momento. Paula tragó saliva, le costaba mucho esfuerzo ser maja con Olivia pues no podía dejar de pensar que se había colado en la casa del árbol sin permiso.

—¿Puedes apartar un poco tu estuche? —le dijo Olivia con cara de asco mientras mascaba chicle.

—Oh, claro, claro, perdona —respondió Paula haciendo el mayor teatro de su vida—. Pero, por favor, no dejes la carpeta en el suelo, se te podría ensuciar.

Olivia había dejado la carpeta de Francés en el suelo, apoyada en una de las patas del pupitre y había cogido el libro de Lengua.

—Mira, si te parece, puedes usar parte de mi mesa. —Paula seguía fingiendo que no le importaba.

Olivia se extrañó de tanta amabilidad, pero cogió la carpeta de Francés y la puso entre los dos pupitres.

Ada llegó a la hora en punto. Con su presencia las caras de sueño de los alumnos se borraron, dejando paso a rostros felices. La profesora era un torbellino de optimismo y una sensación de bienestar invadía sus clases. A su lado, todo el mundo estaba deseando aprender.

Con una amplia sonrisa y una divertida camiseta repleta de dibujos de magdalenas con ojos y pestañas, comenzó a dar la asignatura.

Le gustaba mucho que los alumnos participaran y era bastante frecuente que los sacara a la pizarra. Ese día, tocaba escribir un pequeño cuento entre toda la clase, para practicar la redacción y el trabajo en equipo, por lo que todos los alumnos tenían que salir a la pizarra y poner una frase que diera continuidad a la anterior.

Cuando fue el turno de Olivia, Paula supo que debía aprovechar la ocasión. Desde la última fila, nadie la vería coger la carta. Además, como a Olivia le encantaba ser el centro de atención y que la miraran, seguro que tardaba más de lo normal... tendría tiempo suficiente.

Gretta miró hacia atrás, sabía que era una oportunidad de oro.

A Paula le temblaban las manos. Para ella esto era más difícil que encestar una canasta de tres puntos. Se sentía como la jugadora clave de un partido importante.

Se armó de valor, miró la carpeta de Olivia y vio un sobre de color morado que sobresalía un poco. Respiró algo más aliviada, al menos tenía el sobre a la vista. Ya no tendría que abrir la carpeta para cogerla, con el temor de hacer algún ruido que la delatara. Paula acercó su mano disimuladamente hacia la carpeta y estiró del sobre morado, que salió con facilidad.

Luego, lo guardó en su propia carpeta. Se tranquilizó. Lo peor ya lo había hecho.

Olivia volvió a su pupitre muy satisfecha de la frase que había escrito. Ada la había felicitado delante de toda la clase. Para Olivia el día no podía ser mejor: se sentía una triunfadora. Las felicitaciones de Ada, la carta con la foto destino a Francia, todo apuntaba a que el día iba a ser un éxito.

Lo que no se imaginaba era lo que había ocurrido en su ausencia. La chica estaba tan admirada de sí misma que no percibió ningún cambio en el contenido de su carpeta…

En el intercambio de clase, algunos de los alumnos aprovecharon para salir al pasillo y estirar las piernas y otros para ir al servicio.

Pese a que la profesora de Francés solía llegar pronto, esta vez estaba tardando. Tal vez volvían a ser las obras en las calles de la ciudad, las causantes del retraso. De cualquier manera, esa tardanza les vino muy bien a Gretta y a Paula que habían acordado verse en los lavabos una vez Paula tuviera la carta en su poder. Tenían que comprobar su contenido.

Ahora, detrás de una de las puertas de los servicios, las dos amigas hablaban en voz baja.

—Ábrela, venga —insistía Paula—, tenemos que comprobar que la fotografía está ahí, aunque yo estoy segurísima de que así es.

—Uff, me da un poco de cosa. A mí no me gustaría que me abrieran la carta —confesó Gretta.

—Mucho le ha importado a Olivia entrar en nuestra casa del árbol —dijo Paula como si eso les diera permiso para abrir el sobre.

—Ya, pero porque ella lo haya hecho mal no significa que nosotras... —Gretta empezaba a arrepentirse de lo que habían hecho.

—Trae aquí. —Paula tiró de la carta y se la quitó a su amiga de las manos, dispuesta a abrirla.

«Ras, ras, ras», se oyó cómo Paula rompía el lateral del sobre.

—¡Pero, qué haces! —Gretta se alarmó—. Ahora ya no habrá manera de devolvérsela. Imagínate que no está la foto...

—¡¡¡Mira!!! —Paula señaló la imagen donde Olivia, muy sonriente, posaba con el trofeo—. Ya ves que sí está la foto.

La cara de Paula se ponía roja por momentos. Estaba enfadadísima. A punto de explotar. Aquello era demasiado, ¿cómo se había atrevido Olivia a semejante cosa?

Cuando Paula se enfadaba no sabía controlarse y era muy impulsiva y eso era justamente lo que le estaba pasando. Gretta, al verla tan alterada, temió que hiciera algo de lo que pudiera arrepentirse.

—¡Espera! ¿Dónde vas? —le dijo Gretta al ver que Paula salía del servicio como un huracán de enfado.

Pero Paula no la escuchaba y corría hacia clase sin detenerse.

Por suerte, Mademoiselle Juliette aún no había llegado. Dando grandes pasos, se dirigió al grupito de «las brujas» y, con la respiración entrecortada, se dirigió a Olivia.

—Tengo que hablar contigo. —Los ojos de Paula se clavaron en los de Olivia, amenazantes.

Gretta observaba la escena a escasos metros mientras María, Blanca y Celia se acercaban rápidamente.

—¿Qué quieres? Estás sofocada y, créeme, no te queda nada bien al cutis. —Olivia rio y sus amigas la imitaron.

Paula sacó un sobre rasgado del bolsillo de su pantalón y lo puso delante de las narices de Olivia.

—¿Te suena esto de algo? —dijo Paula con ironía señalando con el dedo la carta desde la que sobresalía una esquina de la fotografía.

El miedo inundó la cara de Olivia, transformando su rostro por completo: el labio superior comenzó a temblarle, un raro tic en el ojo derecho hacía que el párpado se le subiera y se le bajara como una persiana loca, y las aletas de la nariz se abrían y cerraban como la boca de un pez en apuros.

Pese al aspecto algo cómico de Olivia, Paula no tenía ninguna gana de reírse. Seguía tratando de contener su enfado para no hacer algo peor.

—Si no quieres que montemos un numerito delante de toda la clase, ven a los lavabos —propuso Paula—. Nos debes más de una explicación.

Isabella y Camila, como si fueran las sombras de Olivia, quisieron acompañarla.

—Vosotras, no —dijo Paula cortándoles el paso con el brazo extendido.

Olivia miraba el suelo, estaba muy avergonzada. Le habían pillado. Después de esto, debería desistir de hacerse pasar por una famosa deportista ganadora de trofeos.

En los lavabos, Olivia trató de calmarse bebiendo un poco de agua.

—Espero que no se lo digáis a la profesora —Olivia lo dijo sin ninguna muestra de arrepentimiento, casi como una orden.

—¡¡¡¿¿¿Eso es lo único que te importa???!!! —chilló Paula—. Tú, tú y tú. ¿Acaso no piensas en las consecuencias de tus actos? ¿No te has enterado de que el resto de las personas tienen sentimientos?

Gretta tocó el hombro de Paula y se adelantó un poco con la intención de ser ella quien siguiera hablando con Olivia, pues su amiga estaba muy alterada.

—Has entrado en nuestra casa del árbol sin permiso. —Gretta se puso muy seria—. Reconoce que eso es muy grave.

Olivia estaba apoyada en la pared del baño, con una pierna doblada. Miraba hacia otro lado, como si la cosa no fuera con ella.

—Uy, sí, qué grave entrar en una casucha. Si eso es como un lugar abandonado. Vamos, menudo asco me dio estar ahí un minuto —dijo Olivia altiva—. Creo que hay hasta arañas, ¡buagg!

—Has entrado sin ser invitada y eso no está bien. De todas formas si nos pides perdón y nos prometes que nunca más lo volverás a hacer, nosotras te perdonaremos. —Gretta trataba por todos los medios de que Olivia recapacitara.

—Bueno, bueno, pues os pido disculpas, ¿eh? —Olivia lo dijo en un tono un poco burlón, le costaba mucho pedir perdón. Todavía no sabía lo bien y en paz que una se queda cuando pide perdón por algo que reconoce haber hecho mal.

—Estarás de acuerdo con nosotras en que esta carta no la puedes enviar así, con una fotografía mentirosa dentro y contando falsedades. —Gretta le acercó el sobre—. Aún tienes tiempo de escribir otra y romper esta.

Olivia cogió la carta con la fotografía y, de muy mala gana, las rompió en pedazos.

—¿Así os parece bien? —preguntó Olivia con cierta guasa—. O prefieren las señoras que la rompa en trozos más pequeños.

—Ya vale, ¿no? —dijo Gretta—. No sé si te das cuenta pero también lo hacemos por ti. No creo que sea bueno que vayas por ahí intentando ser otra persona diferente de la que eres de verdad.

Olivia no hacía mucho caso de lo que Gretta trataba de explicarle. Tal vez con el tiempo llegara a comprender que no sirve de nada fingir y que las personas solo pueden quererte de verdad si te muestras tal cual eres, sin adornos y sobre todo, sin mentiras. Y, desde luego, que siempre se puede elegir ser auténtica y sincera, porque eso te hace más feliz.

Pero ahora mismo, Olivia solo pensaba que por culpa de esas chicas, su carta había acabado en la papelera. Abrió la mano y dejó caer el último pedazo de carta. El trozo de papel cayó lentamente y voló por el aire hasta caer cerca de la papelera. Luego, Olivia volvió a clase con la intención de escribir otra carta. Se daría prisa.

Justo en ese momento Mademoiselle Juliette entraba por la puerta. Se la veía sofocada. Andaba de manera patosa y, este hecho, junto con su gran altura la hacía parecer un tronco de junco a punto de doblarse. La mujer llevaba la maleta donde estaba el buzón y, tras abrirla y colocarlo sobre la mesa, se disculpó ante los alumnos por el retraso, le había surgido un problema de última hora.

Mientras la profesora hablaba, Olivia escribía a toda prisa en un folio en blanco, una carta normal en la que era ella misma. A su lado, en el pupitre contiguo, Paula no le quitaba ojo de encima. No se fiaba mucho de que no contara ninguna otra mentira.

—Ahora os levantaréis por orden de fila y depositaréis vuestra carta en el buzón que tengo sobre la mesa —explicó Mademoiselle Juliette al tiempo que giraba sobre su largo dedo el anillo de queso *Gruyère*

Los alumnos se levantaron de sus sitios armando bastante ruido al arrastrar las sillas y formar una fila. Estaban bastante emocionados con la actividad y no paraban de murmurar y contarse unos a otros lo que habían escrito.

Alguien desde algún lugar del aula, levantó la mano.

—Mademoiselle Juliette, ¿cuándo recibiremos la contestación? —preguntó Rosaura, la delegada de clase.

Al escuchar la pregunta el resto de alumnos quisieron saberlo también y la clase se llenó de interrogantes: ¿tardarán mucho?, ¿será la semana que viene?, ¿a qué distancia está Rennes?

—A ver, a ver, tranquilizaos —dijo la profesora levantando la mano derecha, como pidiendo calma—. Calculo que tardarán un mes. Tienen que llegar a Francia, las tienes que leer, escribir la contestación y enviarla. Así que os pido un poco de paciencia.

A Gretta un mes le parecía mucho tiempo pues estaba muy impaciente porque Sophie le contestara. La chica sujetaba con fuerza su grueso sobre. Había escrito una larga carta contándole un montón de cosas sobre ella misma: su pasión por dibujar, su asignatura preferida, el nombre de su gato, su gusto por viajar y conocer otros lugares. También le había hablado de sus maravillosas amigas que solían reunirse en la casa del árbol. La carta era tan larga, que, la noche anterior, Gretta había estado más de una hora escribiendo y mirando palabras en un diccionario de francés. Y, ahora, al ver la pequeña ranura del buzón y el grosor de su sobre, le daba un poco de miedo que su carta no cupiera.

Cuando llegó su turno, Gretta intentó meter el sobre por la ranura, pero… no cabía.

—Bueno, no te preocupes, estos buzones se abren por detrás para poder sacar todas las cartas a la vez —dijo la profesora al ver la cara de apuro de Gretta—. Trae, ponla aquí.

Poco a poco fueron pasando a echar la carta todos los alumnos hasta que llegó el turno de Paula y, después, el de Olivia.

Gretta la miró echar la carta desde la primera fila y se sintió contenta. Les había costado un esfuerzo descubrir el engaño de Olivia, pero habían conseguido dos cosas: evitar que alguien fuera engañado y darle la oportunidad a Olivia de ser ella misma.

Capítulo 21
¡Lo hemos conseguido!

Después de un jueves tan intenso y lleno de emociones, el viernes llegó con la ilusión de los preparativos para el cumpleaños de Blanca que celebrarían al día siguiente.

Por la tarde, después del colegio, María, Paula y Gretta se marcharon juntas para preparar una deliciosa tarta mientras Blanca iba a la consulta del dentista y Celia llevaba a cabo otra tarea muy importante.

Nadia, la madre de María, se había ofrecido a echarles una mano para que las amigas cocinaran la tarta preferida de Blanca: una enorme tarta de dos pisos con un montón de chocolate, virutas de coco y trozos de fresa. La decorarían y conseguirían unas bonitas velas con el número once.

En la cocina de la casa de María todo era un revuelo de boles que iban y venían. La harina flotaba dejando el aire de color blanco, granos de azúcar quedaban sobre la encimera, algún huevo se caía sin querer... y los delantales se ensuciaban sin remedio.

Y, al frente de semejante jaleo estaba Nadia que intentaba poner orden.

—Anda, María, mezcla la harina con la levadura en un bol de cristal —aconsejó Nadia.

—¿Crees que este de aquí será lo suficientemente grande, mamá? —María abrió un armario repleto de recipientes de cristal y moldes para tartas.

—Sí, ese será perfecto. —Nadia se lo estaba pasando muy bien con las chicas, le encantaba verlas tan ilusionadas, aunque estaban dejando la cocina horrible.

Las amigas se esmeraban para que todo saliera bien.

—A ver, la que tiene que batir los huevos que se asegure de que están a temperatura ambiente y rompa la cáscara con cuidado de que no caigan trozos dentro —decía la mujer mientras agitaba una cuchara de madera en el aire como si fuera la directora de una orquesta y las cocineras fueran los instrumentos.

Pero, la que de verdad estaba frente a una directora de orquesta era Celia, en clase de flauta travesera. Ese viernes estaban ensayando una audición.

Por eso no había podido ir a hacer la tarta con las demás. Por eso y porque era la encargada de recoger el regalo después de clase de música.

Lo malo es que Celia, en el ensayo, no hacía más que meter la pata, pues estaba con la cabeza en las nubes, bastante despistada. Miraba la partitura y veía cualquier cosa menos música: esas líneas del pentagrama que sostenían las notas eran ahora como los cables de las ciudades donde se posan los pájaros.

Aunque Celia tenía muy reciente la aventura que les había llevado a evitar el engaño de Olivia a la chica del colegio de Rennes, no era ese el motivo de su falta de concentración.

De vez en cuando miraba por la ventana de la escuela de música desde donde se veía la calle y buscaba, entre la gente, la figura de Miss Wells.

La profesora les había dicho, en el recreo, que la pluma había llegado a su casa, sana y salva. Las amigas, excepto Blanca que no debía enterarse, habían dado saltos de alegría y agradecido el esfuerzo a Miss Wells. Esta se había comprometido a llevar el regalo a Celia a la escuela de música, que estaba a pocos metros de su domicilio.

Solo había algo que preocupaba a Gretta, María, Paula y Celia: que James se hubiera confundido de pluma. Pero eso era poco probable. Celia había explicado a la perfección cómo era la pluma y había dado muchos detalles de dónde estaba situada en la tienda de antigüedades, por lo que confiaba en que no habría habido error. Aun así, debería comprobarlo.

La clase de música terminó, y Celia seguía muy impaciente: Miss Wells no aparecía.

La chica tenía el estómago en un puño, ¿y si se había olvidado?, ¿por qué la profesora se retrasaba si siempre era tan puntual? Luego recordó que habían quedado a las cinco y media, y eran las cinco y cuarto… y se quedó algo más tranquila. Tendría que esperar unos minutos más.

A la hora acordada, la puerta se abrió y las campanitas que colgaban del techo sonaron al contacto con la puerta, dando paso a la entrañable profesora.

La mujer sonrió al ver a Celia y, tras apoyar el paraguas en la pared (se anunciaban lluvias para la tarde), sacó un paquete de una bolsa. Llevaba un bonito sello de Londres y, por lo arrugado que estaba, se notaba que el viaje había sido largo.

La chica lo cogió con delicadeza, como se cogen las cosas que no deben romperse y le agradeció a Miss Wells todo lo que había hecho por ellas.

—*Thank you very much* —dijo Celia con un poco de vergüenza pues le daba corte hablar en inglés fuera de las clases.

—*You're welcome!* —exclamó la profesora—. *See you soon!*

Cuando se despidieron, Celia se fue todo lo rápido que pudo a su casa. Las piernas no le daban más de sí. La flauta travesera, en su funda, iba de un lado a otro mientras la mochila daba botes sobre su espalda cada vez que la chica corría. Tenía mucha prisa, pues ella era la encargada de comprobar que la pluma era la correcta, y quería saberlo ya mismo. Más tarde saldría con su madre a comprar el papel para envolver el regalo y también a comprar algo de comida para el pícnic nocturno.

Era una suerte que todas las familias se hubieran puesto de acuerdo. Desde la vez que fueron a visitar unas cuevas con pinturas rupestres, no habían vuelto a hacer nada todos juntos. Ahora era estupendo que fueran a ir a ver las estrellas y además que coincidiera con el cumpleaños de Blanca.

Mientras en casa de María el olor del bizcocho inundaba las habitaciones, Celia llegaba a su casa con la lengua fuera. Ya en su habitación, dejó la mochila y la flauta por ahí medio tiradas, y cogió el regalo. Le sudaban las manos del nerviosismo. Aunque le podían las prisas, debía quitar el envoltorio con mucho cuidado pues la pluma era un objeto muy delicado.

Al quitar el embalaje, comprobó que estaba perfectamente seguro. James la había envuelto en un papel con burbujas para que no se estropeara durante el viaje. A Celia le encantaba explotar las pompas, así que se guardó el papel. Una vez quitado el papel de burbujas, Celia se encontró con una caja.

Era un estuche muy bonito con un dibujo de una libélula de color plata. La caja estaba rodeada por una cinta granate que, anudada en un lado, formaba un elegante lazo. La chica estiró de un extremo de la cinta, con un poco de pena de estropear el lazo. No tenía otro remedio si quería ver lo que había dentro. Luego intentaría hacerlo de nuevo, aunque a ella no le salían así de bonitos, más bien le salían bastante pochos.

Dentro de la caja estaba la pluma antigua colocada sobre una tela de raso. Viéndola ahí, sobre ese colchón mullido, parecía descansar del viaje desde Londres. Cuando la cogió sintió que la pluma le hacía cosquillas en la palma de su mano.

Sonrió y se quedó pensando que era maravilloso tener delante el sueño de Blanca hecho realidad. ¿Habría escrito su querida amiga, en el «Diario de los deseos», que quería esa pluma? Celia la guardó con mucho cuidado en la cajita. Trató de hacer el lazo pero no le quedó igual. Más tarde le pediría ayuda a su madre, a ella se le daba bastante mejor. Ahora lo que tenía que hacer era avisar a las otras amigas de que ¡lo habían conseguido!

—Pss, pss, Nira, ¿dónde estás? —Celia buscaba a su gata—. Tengo un recado para ti.

Nira saltó desde el radiador. Ese era su lugar favorito, pues el sol entraba por la ventana y le daba de pleno. Tras enroscarse en las piernas de Celia pidiendo una caricia, se fue a la puerta dispuesta a llevar el mensaje.

Capítulo 22
Feliz día

Fue un soleado día de octubre de hacía once años, cuando Blanca nació. Su madre siempre le contaba la misma historia, año tras año, acerca del día de su nacimiento.

Esa mañana de sábado, Clara, la madre de Blanca, había ido hasta su habitación para ser la primera en felicitarla.

—¡¡¡Felicidades, cariño!!! —dijo Clara arrastrando un montón de globos por la habitación.

—Muchas gracias, mamá —dijo Blanca restregándose los ojos y muy contenta de que por fin fuera su cumpleaños—, anda siéntate un rato aquí hasta que me despeje y baje a desayunar.

La madre de Blanca se sentó en un lado de la cama y acarició la cara de su hija.

—Bueno, cariño, es hora de que salgas de la cama y bajes a desayunar —dijo Clara que le tenía preparado un delicioso desayuno a su hija.

Mientras Blanca bajaba las escaleras escuchaba un montón de maullidos de gatos, procedentes de la cocina. Cuando llegó, se llevó una gran sorpresa ¡los gatos de todas sus amigas estaban allí!, cada uno con una cartita al cuello.

—¡Ay, qué ilusión! —dijo Blanca mientras se agachaba a acariciar a Mufy, Glum, Gardo, Nira y a su propio gato Min, que hacía de anfitrión.

Tras cogerles las cartitas, Blanca quiso prepararles algo de comer a los animales. Los gatos la siguieron hasta la nevera. Sabían que allí estaba la leche. Algunos se relamían los bigotes esperando el rico manjar que la chica les iba a preparar.

Puso unos cuencos llenos de leche en el suelo, les añadió una galletita y los gatos acudieron con su andar cuidadoso y en silencio. Solo entonces, Blanca, acompañada de su familia, se puso a desayunar y a leer las notas.

Estaba muy emocionada. Desde luego había sido un detalle muy bonito por parte de sus amigas enviar a sus gatos para felicitarle el cumpleaños nada más levantarse.

Pronto el teléfono comenzó a sonar. La chica no paraba de recibir llamadas de familiares y amigos. Aunque a Blanca no le gustaba mucho eso de hablar por teléfono, sí le gustaba que se acordaran del día de su cumpleaños.

Cuando ya por fin logró despegarse del teléfono, Blanca se fue al salón dispuesta a sentarse en el *secreter*. Allí dentro guardaba el «Diario de los deseos» y esa mañana quería escribir algo.

Giró la pequeña llave del cajón donde la chica guardaba su cuaderno y escogió un bolígrafo de color violeta para a continuación escribir: «deseo que lo pasemos muy muy bien en mi cumpleaños». Esto lo escribió al lado de otra inscripción que había hecho hacía un tiempo y que decía: «deseo tener la pluma antigua que vi en Londres».

Ding, dong, ding, dong, el timbre de la puerta sonó con insistencia.

—¿Puedes ir tú, Blanca? —chilló su madre desde el lavabo.

Ding, dong, ding, dong, volvió a sonar el timbre, otra vez.

—¡Ya voyyy! —dijo Blanca muy alto con la intención de que le oyeran al otro lado de la puerta.

Antes de abrir, la chica preguntó quién era, al mismo tiempo que miraba por la mirilla de la puerta, subida en una banqueta.

Al otro lado de la puerta vio a Nadia, que venía con ¡una tarta enorme de dos pisos!

—¡Felicidades, Blanca! —dijo Nadia desde detrás de la tarta—. Mira lo que te han preparado tus amigas. ¡¡¡tu tarta favorita!!!

—¡Halaaa! —Blanca se llevó las manos a la boca, estaba muy sorprendida. Desde luego sus amigas estaban en todos los detalles.

—¿Tendrás sitio en la nevera? Es… un poco grande, como ves —preguntó Nadia casi convencida de que no iba a caber.

—Pero, pero, pero, bueno… ¡menuda sorpresa verte!, y dime ¿qué tenemos aquí? —dijo la madre de Blanca saludando a Nadia.

Blanca abrió la nevera mientras las madres charlaban. Quería hacer sitio para su tarta de cumpleaños. Tuvo que colocar los yogures en la zona de los huevos, y el embutido meterlo en el cajón de la fruta, las verduras quedaron aprisionadas contra la pared del frigorífico, con las hojas mustias y medio rotas. ¡Le costó un buen rato hacerle un sitio a la tarta!

Tras el esfuerzo de ordenar la nevera, se fue a preparar unas sorpresas para esa tarde. Sus amigas empezarían a llegar a las cuatro y ella estaba muy impaciente.

Capítulo 23
Velas sobre la tarta

Como no podía ser de otra manera, las primeras en llegar fueron Gretta, Celia, María y Paula.

—¡¡¡Cumpleaaañooos feliiiizzz!!!, ¡¡¡cumpleaaañooos feliiiizzz!!!, te deseamooos todaaas, ¡¡¡cumpleaños feliz!!! —cantaron las cuatro desde la puerta.

—¡¡¡Chicas!!! Muchísimas gracias. Qué bien que estéis aquí. —Blanca abrazó a sus amigas y las cinco se quedaron un rato así—. Y muchas gracias por las notas que habéis enviado esta mañana con los gatos. Sois las mejores amigas.

Cuando deshicieron el abrazo, Blanca se quedó un poco parada, como esperando algo. Y es que pensaba que le harían entrega del regalo, como era lo normal.

Desde siempre ellas habían pactado no hacerse esperar con esas cosas y dárselo inmediatamente.

Pero por más que miraba y remiraba, Blanca no veía ningún paquete, ni bolsa, ni nada que pudiera delatar la presencia de su regalo. ¿Será tan pequeño que les cabe en un bolsillo? Pensaba la chica para sus adentros mientras miraba si alguno de los bolsillos de las chaquetas o de los pantalones estaba algo abultado.

Ding, dongggg sonó el timbre, y Blanca fue corriendo a abrir la puerta

—¡¡¡Felicidades, Blanca!!! —exclamó Telma, su amiga de las clases de ajedrez, mientras le entregaba un paquete con un lazo muy bonito.

—¡¡¡Muchas gracias por venir!!! —Blanca la hizo pasar hasta el salón donde se sentó para abrir el regalo.

Todo estaba decorado con mucho gusto. Un enorme globo con el número once llegaba hasta el techo y unas cuantas guirnaldas de colores atravesaban el salón de lado a lado. En las paredes, Blanca había colocado pompones de papel que ella misma había hecho y quedaban muy bonitos. Una preciosa mesa alargada en el centro de la habitación contenía la merienda. Un mantel cubría su superficie y varios frascos de luz adornaban, con sus bombillitas dentro, el centro de la mesa.

Tras luchar con el envoltorio para no romperlo, Blanca sacó el regalo de Telma.

—¡¡¡Qué bonito!!! —exclamó Blanca al ver un magnífico tablero de ajedrez magnético con un estuche para llevarlo donde quisiera.

Mientras tanto, las gemelas Ana y Carla habían llegado a casa de Blanca y, de pie, junto a la puerta del salón, decían a la vez un ¡feliz cumpleaños!, mientras cada una sujetaba un regalo.

Gretta, al ver que todo el mundo le daba ya los regalos, comenzó a impacientarse.

—Ya verás, al final se va a pensar que no le vamos a regalar nada —murmuró Gretta a Celia—. ¿Y si se lo damos ya?

—No, de eso nada. Hemos quedado que se lo daríamos mientras veíamos las estrellas —sentenció Celia que lo tenía muy claro—. Así tendrá sorpresas hasta el final, ¿no te parece?

Blanca abrió los regalos de las gemelas Ana y Carla: ¡¡¡los dos últimos libros de su colección favorita!!!

—¡Muchísimas gracias!, habéis acertado, justo estos dos no los he leído aún. —Blanca estaba realmente contenta.

Rosaura llegó la última, era la que más lejos vivía y ese sábado había bastante atasco. Tras felicitar a Blanca le dio el regalo, ¡un boli con tinta invisible!

—¿Te gusta? —preguntó Rosaura—. Con este bolígrafo podrás escribir mensajes secretos.

—¡Me encanta! —dijo Blanca sorprendida y pensando lo bien que le vendría para su diario.

La tarde pasó entre juegos y risas. Blanca les había preparado un juego de misterio para lo que había escondido mensajes con pistas por toda la casa. Sus amigas lo pasaron en grande.

Después de soplar las velas y cantarle un cumpleaños feliz que se oyó por todo el barrio, se comieron la tarta.

—Chicas, os ha quedado deliciosa —dijo Blanca con la boca llena—. Es la mejor tarta de cumpleaños de toda mi vida.

—Gracias —dijo María—, se lo diré a mi madre, ella nos echó una mano.

—Bueno, nos echó una mano y nos dejó la cocina entera —aclaró Gretta.

Los padres de Rosaura, Telma y las gemelas Ana y Carla llegaron a las ocho para recogerlas. Al resto de amigas aún les quedaba parte del cumpleaños bajo las estrellas.

Cuando se marcharon, Blanca se quedó un poco pensativa. Aunque para la chica los regalos no eran lo más importante, se le hacía muy raro que ni sus amigas ni sus padres le hubieran regalado nada.

Capítulo 24
Para todos

El ruido de los motores de los coches ocultaba los ladridos de Dug. El animal estaba alterado debido al jaleo que había en la acera de enfrente, justo en la casa de María. Doña Clocota, impaciente y queriendo saber el motivo de que tantos coches estuvieran ahí, miraba por la ventana.

Y es que era ahí donde habían quedado las familias para ir juntas al pícnic nocturno del cumpleaños de Blanca, donde verían las estrellas.

Tuvieron que esperar un rato a que las chicas volvieran de casa de Blanca, donde habían pasado la tarde y habían tomado la deliciosa tarta de dos pisos que la tarde anterior habían cocinado gracias a Nadia.

Las chicas, acompañadas por Clara, caminaban por la calle en dirección a casa de María. Llevaban varios recipientes con trozos de tarta que repartirían entre todos. Las amigas de Blanca habían sido unas exageradas y habían hecho una tarta gigante de dos pisos y, claro, les había sobrado un montón.

—¡Muchas felicidades! —exclamó nada más verla Juan, el padre de Gretta, mientras le estiraba de las orejas—. Uno, dos, tres, cuatro, cinco, seis, siete, ocho, nueve, diez y... ¡once!

—Muchas gracias, ¿quieres un trozo de tarta? —Blanca le dio un recipiente y se tocó las orejas, que le ardían.

La chica fue repartiendo la tarta entre todos los padres y los hermanos de sus amigas, al tiempo que recibía las felicitaciones por su cumpleaños.

Una vez todos tuvieron su trozo de tarta, Blanca miró hacia el jardín de enfrente y quiso ser amable con quien les había puesto sobre la pista cuando alguien entró en la casa del árbol.

—Chicas, ¿me acompañáis un momento? —les dijo a sus amigas señalando con la barbilla en dirección a casa de doña Clocota.

La cinco amigas fueron hacia allí, con un poco de miedo de que saliera a recibirlas el perrazo de la mujer.

Al abrir la puerta, doña Clocota levantó las cejas, como extrañada de verlas allí, pero en realidad sabía de sobras que estaban yendo hacia su casa pues las había visto por la ventana.

Blanca le dio la tarta.

—Hola, hoy es mi cumpleaños —dijo Blanca—. ¿Le apetece un poco de tarta? Está riquísima, lleva chocolate, virutas de coco y trozos de fresa, ¡es mi preferida!

La mujer abrió mucho los ojos y, si no se hubiera limpiado con rapidez, se le hubiera caído un poco de saliva: la boca se le hacía agua porque le encantaban los dulces, eran su debilidad.

—¡Pues muchas felicidades, claro! —exclamó doña Clocota mientras se limpiaba con un pañuelo. También se le veía bastante emocionada con el bonito gesto que Blanca había tenido.

—Muchas gracias —respondió Blanca—. Espero que le guste la tarta.

Doña Clocota abrió la tapa del recipiente y, disimuladamente pues no podía esperar ni un segundo, metió un dedo en el chocolate. Luego se lo llevó a la boca.

—Umm, una delicia, una delicia, ¡una auténtica delicia! —dijo al probar la tarta—. ¡Ay, mis niñas!, si es que sois lo mejor del barrio entero, qué digo del barrio, ¡de la ciudad entera!

Las chicas sonrieron y se despidieron de la mujer. Una vez sola, doña Clocota corrió hasta la cocina, como si fuera una auténtica atleta, para coger una cuchara y poner la tarta en un plato. Dug la seguía moviendo el rabo y reclamando su parte de pastel, pero la mujer no estaba dispuesta a compartir ese manjar.

—¡Veeenga, chicaaasss! —dijo Juan por la ventanilla del coche—. Daos prisa…

—¡Ya vamooos! —dijeron todas a la vez.

Las cinco amigas echaron a correr y cada una se montó en el coche, junto a sus padres.

Capítulo 25
Elige tu estrella

El maletero del coche la familia de Gretta estaba a reventar. Juan había metido un montón de cosas para la ocasión: una tienda de campaña, su telescopio, varios mapas del cielo, unos prismáticos, varias linternas, una cámara de fotos, mantas por si tenían frío…También llevaban, sobre el techo del coche, la bicicleta de Luis que se había empeñado en llevársela.

—Anda, cariño, ayúdame a sacar todo esto —le dijo Juan a su hija una vez llegaron al destino elegido para ver las estrellas.

—¡Has traído media casa! —exclamó Matilde al ver todo el maletero lleno de bolsas—. Os echaré una mano, y así acabaremos pronto. Tengo muchas ganas de ver las estrellas.

El lugar que habían elegido para hacer el pícnic estaba cerca de un pequeño pueblo, y lo suficientemente alejado de la ciudad como para poder ver las estrellas con facilidad. Sin embargo, esa noche, las nubes estaban haciendo de las suyas y, a cada rato, ocultaban la luna o una parte del cielo.

Juan miró hacia arriba y se rascó la cabeza. Había consultado el tiempo en una aplicación de su móvil y estas nubes eran un imprevisto.

—Vaya, pues parece que hay unas cuantas nubes ahí arriba. Esperemos que solo estén de paso y se marchen pronto —comentó el padre de Gretta como para sí, mientras dejaba el telescopio a un lado y buscaba dentro de una mochila una linterna.

El padre de Gretta era muy precavido y había puesto pilas nuevas a la linterna (aunque también llevaba de repuesto, por si acaso) y ahora, bajo su potente luz, se dispuso a seguir las instrucciones para montar la tienda de campaña. Hacía muchos años que no la usaba y algunas partes estaban deterioradas. Pese a su estado, les vendría muy bien para guardar las cosas y también por si comenzaba a llover. Aunque era un modelo algo antiguo, y no resultaba demasiado sencillo que se mantuviera en pie, al final lo consiguieron.

Una vez la tuvieron preparada, las chicas se metieron dentro, extendieron una manta en el suelo y colocaron sobre ese improvisado mantel algunos aperitivos.

También decoraron el interior, colgando unas guirlandas que habían cogido de casa de Blanca. Era como continuar con la fiesta de cumpleaños, pero en otro sitio.

—Qué buena idea habéis tenido con esta excursión a ver las estrellas. Está siendo un cumpleaños de lo más original —les dijo Blanca con total sinceridad. Aunque para sus adentros seguía pensando que de tan original no tenía ni regalo…

—Te mereces mucho más. —Celia la abrazó.

Blanca sonrió, tenía mucha suerte de tener esas amigas. Tampoco era tan importante lo del regalo y si se habían olvidado no lo iba a tener en cuenta.

—¿Qué os parece si salimos a ver las estrellas? —Gretta estaba muy impaciente por mostrar a sus amigas la constelación de la «W», esas cinco estrellas que brillaban con fuerza en el cielo.

—¡Sííí, vamos! —exclamó Blanca saliendo de la tienda de campaña.

Los padres y los hermanos de todas las amigas se pusieron alrededor del telescopio cuando Juan terminó de ponerlo a punto. Tras montar la tienda, y al ver que las nubes comenzaban a irse, había comenzado con los ajustes de aquel aparato tan complejo. Estaba seguro que, de un momento a otro, podrían contemplar el firmamento.

—Bueno, pues esto ya está. —Juan se incorporó y miró al cielo—. Esas pocas nubes deberían desparecer completamente en unos minutos, parece que la tormenta pasa de largo.

—¡Qué bien! —dijo Gretta—. Venga, vamos a colocar una manta en el suelo para ver las estrellas.

Las chicas se tumbaron en el suelo. Blanca se colocó las manos detrás de la cabeza y miró la inmensidad del cielo azul oscuro.

Cuando las nubes se retiraron, abriéndose hacia los lados como el telón de un teatro, aparecieron multitud de puntos luminosos salpicando el firmamento. Algunos brillaban mucho, otros eran más pequeños y débiles. El silencio reinaba entre las amigas que se maravillaban de ver tantas estrellas.

Una estrella fugaz pasó de repente y el silencio se rompió con una exclamación de asombro. Luego, volvieron a la quietud y al silencio.

Solo Celia estaba inquieta.

—Ahora vuelvo —dijo muy convencida.

—¿Quieres que te acompañe? —se ofreció Blanca siempre tan atenta.

—Oh, no, no te preocupes. —Celia movió la mano como quitándole importancia.

La chica buscó a su madre. Necesitaba las llaves del coche para buscar una cosa.

Había sido la encargada de envolver la pluma y de llevarla hasta allí e iba siendo hora de hacer entrega del regalo.

—Toma, cariño, aquí tienes las llaves —le dijo su madre—. Acuérdate de dejarlo cerrado después.

—¿Quieres una linterna? —le ofreció Juan.

—Gracias, sí, la necesitaré —reconoció Celia.

La chica iba iluminando el camino hacia el coche. Algunos ruidos la sobresaltaban pero prefería no pensar demasiado. El cri, cri, cri de los grillos, el ulular de los búhos, la misma oscuridad parecía crujir mientras caminaba. Cuando Celia tenía miedo, se ponía a tararear una canción para pensar en otra cosa. Y eso es lo que iba haciendo. La oscuridad de la noche era mucha y solo se veían, a lo lejos, pequeñas luces de casas lejanas.

¡Pip!, ¡Pip!, el coche se abrió cuando Celia oprimió el botón de la llave.

Miauuu, miauuu, miauuu, escuchó la chica al abrir el maletero para coger el regalo.

—¡Nira! ¿Qué haces aquí? —Celia se extrañó mucho de ver a su gata dentro del maletero, metida debajo de una manta.

La gata no solía actuar así. Era siempre muy obediente y no se metía en el coche sin permiso. Celia estaba segura de que algo le había pasado, pero ¿el qué?

Nira no solía ser una gata cobarde. El comportamiento que había tenido era de lo más raro e inusual. Además, al cogerla, comprobó que tenía rasguños.

—¿Qué te ha pasado?— le preguntaba Celia muy preocupada.

La gata metía la cabeza debajo del brazo de la chica como queriendo protegerse de algo.

—Bueno, venga, vente a ver las estrellas con nosotras, ¿quieres? —le susurró mientras le acariciaba.

Celia dejó a su gata en el suelo para sacar el regalo de una bolsa. Pero la gata, que no quería estar sola y parecía asustada, trepó por su pantalón, clavándole las uñas en las piernas. A Celia no le quedó más remedio que cogerla en brazos. Luego la dejaría con su madre, pues ella tenía unas importantes cosas que hacer.

Cuando regresó hasta donde estaban sus amigas, se había formado una fila junto al telescopio, y el padre de Gretta iba explicando lo que se veía en el cielo.

La primera en poder mirar fue Blanca. Por algo era su cumpleaños. La chica se agachó y miró a través del telescopio. La constelación de Casiopea apareció frente a sus ojos, grande, luminosa y extraordinaria.

—Qué maravilla —dijo Blanca en un susurro, casi sin mover los labios pues temía que cualquier movimiento pudiera romper el hechizo del momento.

Y es que todo era como mágico.

Blanca estuvo un buen rato contemplando las estrellas, muy concentrada. Cuando se incorporó, descubrió que la habían dejado sola. Ni siquiera estaba el padre de Gretta a su lado y eso que era el encargado del telescopio. La chica, algo desconcertada, miró hacia los lados. No había nadie.

Pronto, pequeñas chispas de luz comenzaron a encenderse, a crecer desde la oscuridad: un conjunto de bengalas se movían de un lado a otro. Ahí debían estar todos.

Junto a las lucecitas, comenzó a sonar una música. La canción de cumpleaños feliz cantada muy dulcemente junto a la melodía de la flauta travesera de Celia acompañaba a las chispas de luz de las bengalas.

Blanca se emocionó.

Cuando la música cesó, sus amigas se acercaron, dispuestas a entregarle el regalo.

—Te mereces mucho más, pero sabemos que esto te va a gustar mucho. —Celia le tendió un paquete.

Blanca lo cogió. La chica sonreía sin miedo ni vergüenza por mostrar su aparato.

—Seguro que estabas pensando que nos habíamos olvidado del regalo —dijo Paula.

—¡Venga, no te quedes ahí parada! —María trató de animar a Blanca para que lo abriera cuanto antes.

—¡Eso, ábrelo ya! —continuó Gretta.

La chica estaba intrigada. ¿Qué contendría ese paquete alargado? El papel de regalo crujió cuando Blanca lo quitó y, de pura emoción, se echó a llorar: no se lo podía creer pero el dibujo de una libélula sobre la caja le hizo pensar que el regalo era ¡la pluma antigua que había visto en Londres!

Blanca se había quedado sin palabras, este regalo era mucho mejor que cualquier otro que ella hubiera podido imaginar. Estaba claro que se le había cumplido un deseo.

Blanca abrió la cajita y un pequeño brillo salpicó sus ojos. La luz de las estrellas caía sobre la pluma antigua haciéndola brillar.

—Es un regalo que te hacemos nosotras y tus padres —aclaró María—. Nuestras huchas no daban para tanto.

—Ja, ja, ja —rieron los padres de Blanca—. Bueno, pero la idea fue de ellas.

—Chicas… estoy impresionada. —Blanca las abrazó—. No sé cómo agradecer esto.

—Te mereces mucho más —dijo María.

—Pero, no lo entiendo… ¿habéis vuelto a Londres sin mí para comprarla? —Blanca estaba intrigada—. ¿Cómo la habéis conseguido?

—Esa es una larga historia —dijo Celia mientras miraba al resto de sus amigas.

—Sí, mejor te la contamos otro día. —Sonrió Paula.

—Ahora, ¿qué os parece si nos repartimos las estrellas? —dijo Gretta señalando en el firmamento la constelación de la «W».

—Oh, sí, ¡qué buena idea eso de tener una estrella! —reconoció María.

—Blanca, como es tu cumpleaños, creo que es justo que empieces tú —propuso Gretta—. Mira al cielo y... elige tu estrella.

La luz de una luciérnaga brilló al mismo tiempo que una estrella fugaz cruzaba el cielo. El cumpleaños de Blanca había sido muy especial. Junto a sus amigas, sus dos deseos se habían hecho realidad.

Títulos de la colección
"Ideas en la casa del árbol"

Si quieres estar al tanto de todas las novedades consulta en mi página web:

w-ama.webnode.es

Y si te ha gustado «Elige tu estrella», no olvides escribir tu opinión en Amazon. Para las amigas de la casa del árbol y para mí es muy importante :-)

https://amzn.to/2YtDoeB

¡Gracias!

Made in the USA
San Bernardino, CA
11 March 2020

65537557R00100